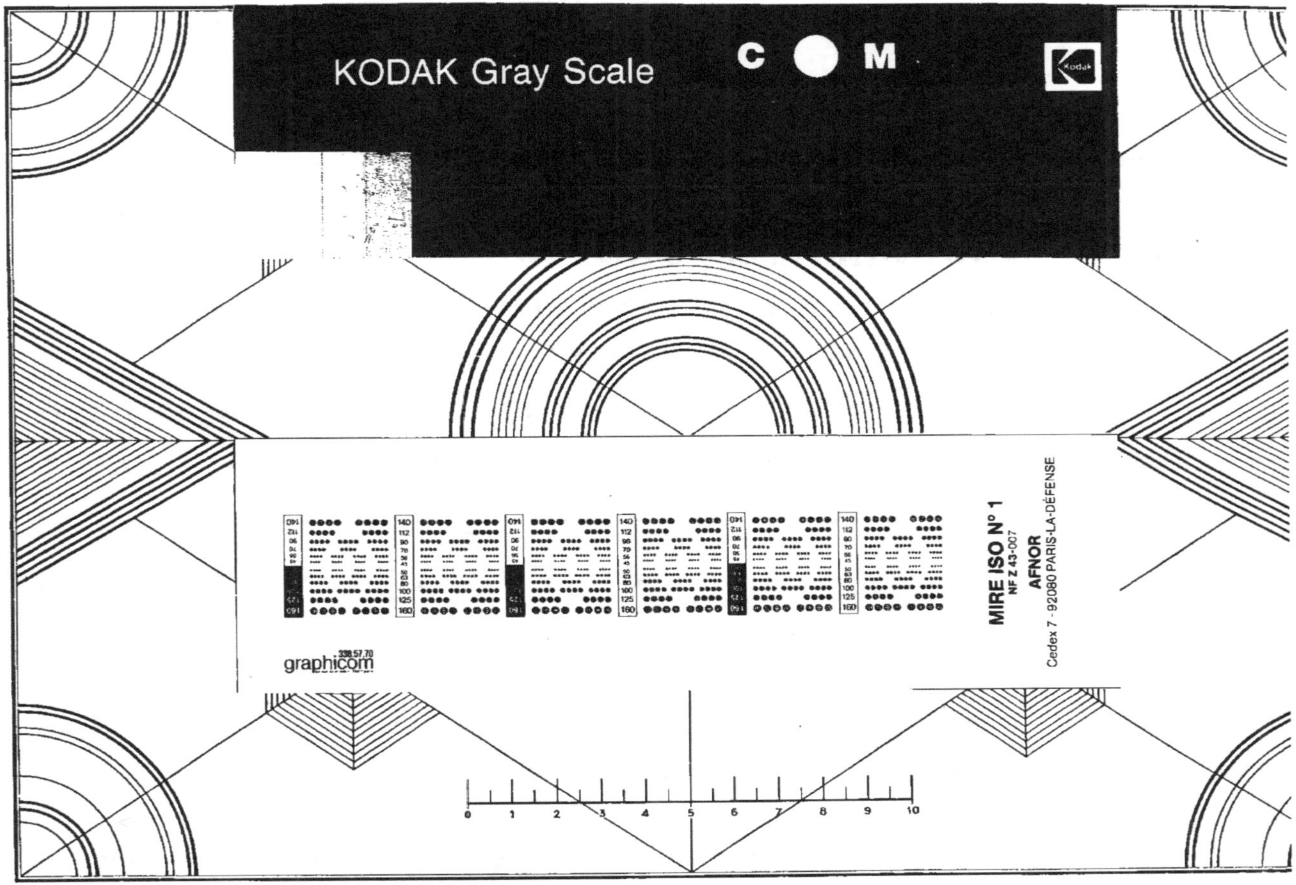

SERVICE PHOTOGRAPHIQUE

KODAK Gray Scale

MIRE ISO N° 1
NF Z 43-007

AFNOR
Cedex 7 - 92080 PARIS-LA-DÉFENSE

graphicom

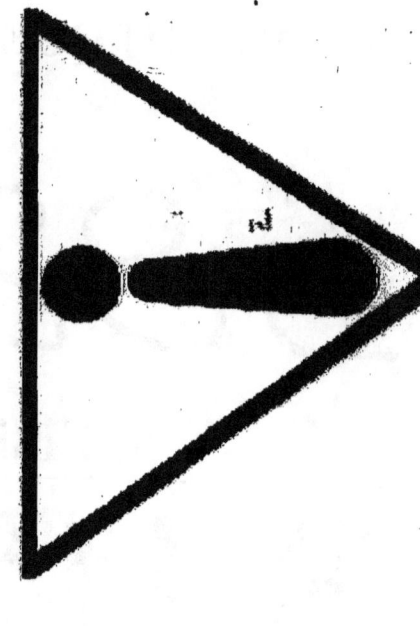

BIBLIOTHÈQUE RICHE

DROLERIES VÉGÉTALES

'EMPIRE DES LÉGUMES

J. J. GRANDVILLE, continué

PAR

AMÉDÉE VARIN

TEXTE PAR

EUGÈNE NUS et ANTONY MÉRAY

SOUSCRIPTION   SOUSCRIPTION

PERMANENTE   PERMANENTE

50   **50**

LIVRAISONS   LIVRAISONS

A   A

25   **25**

CENTIMES   CENTIMES

G. DE GONET, ÉDITEUR

RUE DE GRENELLE-SAINT-HONORÉ.   **MARTINON, LIBRAIRE**   RUE DE GRENELLE-SAINT-HONORÉ, 14.

BIBLIOTHÈQUE RICHE

L'EMPIRE
DES LÉGUMES

DROLERIES
VÉGÉTALES

G. DE GONET, ÉDITEUR

UE DE GRENELLE-SAINT-HONORÉ.   **MARTINON, LIBRAIRE**   RUE DE GRENELLE-SAINT-HONORÉ, 41.

BIBLIOTHÈQUE RICHE

L'EMPIRE
DES LÉGUMES

DROLERIES
VÉGÉTALES

AMEDEE VARIN

G. DE GONET, ÉDITEUR

UE DE GRENELLE-SAINT-HONORÉ.   **MARTINON, LIBRAIRE**   RUE DE GRENELLE-SAINT-HONORÉ, 41.

BIBLIOTHÈQUE RICHE

L'EMPIRE
DES LÉGUMES

G. DE GONET, ÉDITEUR

BIBLIOTHÈQUE RICHE

DROLERIES VÉGÉTALES

L'EMPIRE DES LÉGUMES

J.-J. GRANDVILLE continué par A. VARIN

TEXTE PAR

EUGÈNE NUS et ANTONY MÉRAY

PROSPECTUS

On s'imagine que les légumes n'ont été fondés par le Créateur de toutes choses que pour engraisser les hommes et les lapins. On se trompe. Ces végétaux ont reçu une mission morale bien plus importante que leur destination matérielle. Comme les fleurs, comme les oiseaux, comme les quadrupèdes, les légumes sont chargés de reproduire aux hommes le spectacle de leurs vices, de leurs travers, de leurs ridicules, de même que celui de leurs faibles qualités et de leurs imperceptibles vertus.

Ainsi le veut la grande loi de l'analogie universelle, à laquelle aucun signe de la nature ne peut se soustraire.

Cette loi, découverte par Charles Fourier, a été développée par M. Toussenel dans son *Esprit des bêtes*, et dans la préface des *Juifs rois de l'époque*. J.-J. Grandville, à l'aide de son admirable crayon, en a démontré l'évidence plastique dans ses

1861

principaux ouvrages (*les Métamorphoses du jour; les Animaux peints par eux-mêmes; les Fleurs animées; les Étoiles*). **M. A.** Varin vient ajouter un chapitre de plus aux productions de son illustre maître, mort avant d'avoir achevé son œuvre.

L'auteur des *Drôleries végétales* suit les races intéressantes des légumes dans le développement de leur vie, dans le sein de leurs familles, dans le cercle de leurs relations, et dévoile le secret et la signification de leurs mœurs, de leurs coutumes, de leurs vêtements, de leurs allures. C'est ainsi qu'il nous montre le *cantaloup* aristocratique à la tunique brodée, l'élégante et frivole *romaine*, le *potiron* ventru, le *lupin* jovial, le *haricot* troubadour, la *carotte* industrielle, le *poireau* à convictions douteuses, et l'*ognon* larmoyant.

Cette œuvre est un cadeau excentrique que l'analogie, forme moderne de la fable antique, fait au lecteur intelligent.

Un beau volume grand in-8° illustré de vingt-cinq dessins gravés sur acier et coloriés ; broché. .   .   .   .   **12 fr. 50 c.**

Relié en mosaïque, avec plaque spéciale et doré sur tranche.   **18 fr. 50 c.**

MARTINON, LIBRAIRE

14, RUE DE GRENELLE-SAINT-HONORÉ, 14

Paris. — Imprimerie de ÉDOUARD BLOT, rue Saint-Louis, 46

DROLERIES VÉGÉTALES

L'EMPIRE DES LÉGUMES

PARIS, 1861. — IMPRIMERIE DE ÉDOUARD BLOT, RUE SAINT-LOUIS, 46

GABRIEL DE GONET.

DROLERIES VÉGÉTALES

L'EMPIRE

DES

LÉGUMES

MÉMOIRES DE CUCURBITUS IER

RECUEILLIS ET MIS EN ORDRE PAR

MM. EUGÈNE NUS ET ANTONY MÉRAY

DESSINS PAR

AMÉDÉE VARIN

PARIS

MARTINON, LIBRAIRE, 14, RUE DE GRENELLE - SAINT - HONORE

DROLERIES VÉGÉTALES

L'EMPIRE

DES

LÉGUMES

MÉMOIRES DE CUCURBITUS Iᵉʳ

RECUEILLIS ET MIS EN ORDRE PAR

MM. EUGÈNE NUS ET ANTONY MÉRAY

DESSINS PAR

AMÉDÉE VARIN

PARIS

MARTINON, LIBRAIRE, 14, RUE DE GRENELLE - SAINT - HONORE

L'EMPIRE DES LÉGUMES

MÉMOIRES DE CUCURBITUS IER

LE BOULEVARD NOIR

Balzac a écrit la physiologie des rues de Paris dans des pages immortelles.

Il a dépeint les rues aristocratiques, les rues bourgeoises et les rues prolétaires ; les rues sérieuses et les rues frivoles ; les rues prudes et les rues galantes ; les rues vertueuses et les rues criminelles ; les rues séditieuses, les rues magistrales, les rues immorales, les rues scélérates...

Qui nous écrira la physiologie des boulevards ?

Qui nous dira les tempéraments et le caractère, les joies et les douleurs, les vertus et les vices de chaque région de cette

grande artère populeuse qui entoure Paris d'une quadruple
bordure de verts panaches, en reliant les uns aux autres les ga-
belous de ses soixante barrières?

— Par ma foi, me dis-je en moi-même, si personne ne s'en
charge, je ferai ce travail-là quelque jour; car cette page
manque évidemment au monument littéraire et philosophique
de notre époque.

Je me trouvais en ce moment sous les larges ombres du
boulevard Noir, qui s'étend de la Grande-Chaumière à la barrière d'Enfer.

Boulevard Noir! barrière d'Enfer! noms ténébreux et
sinistres!

— Quel démon du moyen âge a secoué sur cette plaine mystérieuse ses ailes de chauve-souris? quel pied fourchu s'est
empreint sur ce sol? quelle légende terrible l'a baptisé de ces
noms lugubres?

Et mon esprit, naturellement entraîné dans les régions fantastiques, lâcha la bride à l'imagination, qui s'élança au galop
dans les plus diaboliques fantaisies.

Je marchais toujours, ne rêvant plus que de sylphes, de
gnomes, de lémures, d'hommes-racines.

C'était le soir : la lune brillait, par intervalles, à travers les
feuilles des ormes, dont la brise agitait les grands bras.

Au loin, se dressaient les ifs du cimetière Montparnasse, semblables à des fantômes noirs debout sur les marbres blancs des
tombes. Nul bruit autour de moi que le murmure plaintif du vent
dans les branches et la vague rumeur qui s'élevait de Paris,

comme le bouillonnement lointain de la fournaise où s'agitent les damnés.

Dans ce silence universel, dans ce repos complet de tout ce qui marche, court, vole ou rampe sur la terre, la nature végétale seule semblait animée.

Je regardais les mouvements convulsifs des arbres ; j'entendais respirer ces colosses hérissés de feuilles ; je les voyais tantôt enlacer leurs branches dans des embrassements fraternels, tantôt se séparer avec colère, ou pencher leur tête l'un vers l'autre pour échanger de mystérieux entretiens.

A leur pied s'agitaient aussi les humbles plantes qu'ils abritaient de leur feuillage.

Le chiendent et le pissenlit, l'herbe vulgaire et l'ortie belliqueuse, secouant la poussière du jour, tendaient leur front aux fines gouttelettes de rosée qui tombaient du ciel bleu, imperceptibles et impalpables, comme de la pomme d'azur d'un immense arrosoir.

— Ormes et pissenlits, orties et chiendents, m'écriai-je, auriez-vous donc aussi vos plaisirs et vos souffrances, vos joies et vos tristesses, vos discordes et vos amours?

L'homme, voyant que vous n'aviez ni jambes pour marcher, ni mains pour toucher, ni yeux pour voir, ni oreilles pour entendre, vous a refusé le don de la vie ; mais la présomption de cet animal ne saurait me faire croire que vous restez ainsi comme des brutes, vous, les arbres, pendant des siècles, vous, les plantes, pendant des saisons, sans sentir, sans penser, sans agir, sans haïr, sans aimer à votre manière.

Grands et petits végétaux, quel génie pénétrera les mystères de votre existence? Je crains fort que ce ne soit pas le mien, quelque bonne opinion que je doive naturellement en avoir.

En terminant cette éloquente allocution, j'étais arrivé sur la frontière du boulevard, et je longeais de vastes terrains bas et humides qui s'étendaient au loin dans la plaine, dominés de quelques mètres par la chaussée.

Cet espace, tantôt éclairé par la lune, tantôt voilé par l'ombre des ormes du boulevard et des grands murs qui l'entouraient, offrait un aspect étrange.

De distance en distance, on voyait se dresser des coupoles de cristal que ne surmontaient ni croix ni coqs, comme les dômes chrétiens, ni croissants, comme les minarets orientaux ; là se pressaient des foules vêtues de vert et portant d'immenses parasols blancs qui se renversaient parfois pour servir d'éventails ; plus loin, s'étendaient de grandes places qui paraissaient macadamisées, et dans les touffes de verdure qui les entouraient, des quantités de petits candélabres brillaient d'une lumière verte à jets inégaux, comme les phares à feu tournant.

Je m'étais arrêté pour admirer ce spectacle bizarre, et j'écoutais religieusement les mille bruissements inintelligibles qui s'élevaient de cette cité inconnue, lorsque tout à coup une voix humaine vint frapper mon oreille.

Je me penchai sur la vallée mystérieuse, et voici ce que je recueillis :

I

CUCURBITUS Iᴱᴿ ET SON CONSEIL

« — Oui, messieurs, moi, **Cucurbitus Iᵉʳ**, je veux et j'en-
» tends régner absolument dans mon empire.

» Je veux y faire la pluie et le beau temps; dispenser à mon
» gré la chaleur aux uns, l'humidité aux autres; tailler, pour-
» fendre, élaguer, lier, éclaircir mes sujets à volonté.

» Je veux que, selon les inspirations de mon génie tout-puis-
» sant, dont mon ministre de l'instruction publique ne doit
» être que l'exécuteur passif, les uns soient élevés à l'air libre
» et les autres sous cloche.

» J'entends pouvoir seul mettre à l'ombre qui bon me sem-
» blera ; distribuer à tous, selon mon bon plaisir, la nourriture
» et l'air, la terre et le soleil... »

— Peste ! fis-je en me levant du tertre où je m'étais assis,
voilà un gaillard de potentat qui n'y va pas de main morte :
quelles maximes de gouvernement !

Est-ce qu'un enchanteur m'aurait, à mon insu, transporté
aux antipodes, et assisterais-je, par hasard, à un conseil d'État
de l'empereur de la Chine, fils aîné du soleil, à moins que je
n'aie sous mes oreilles le grand Nicolas lui-même ?

— Il est vrai que celui-là prétend se nommer **Cucurbitus** ;
mais, ne connaissant pas le russe, je suis porté à croire que
Nicolas se prononce ainsi dans cette langue septentrionale.

Tâchons de nous assurer de la chose ! si la lune me favorise, je le reconnaîtrai bien à son frac vert et à ses grandes
bottes.

Je plongeai mes regards dans la vallée, et ma vue tomba
bientôt sur l'orateur nocturne et ses acolytes.

Ce n'était pas Nicolas, car il portait un costume oriental se
rapprochant peu du frac vert de ce monarque ; ce n'était pas
même l'empereur de la Chine, autant que je pus en juger
d'abord.

Ses compagnons étaient au nombre de six.

CONSEIL DE CUCURBITUS IER

L'un s'appuyait sur un rateau ; l'autre tenait un arrosoir ; celui-ci portait en sautoir un plantoir attaché à sa corde ; celui-là un baudrier auquel étaient appendus de petits sacs de graines ; cet autre avait en main une bêche en fer brillant.

Le dernier enfin, montrant sur sa casquette blanche une touffe de persil en aigrette, était armé jusqu'aux dents de ciseaux et de couteaux de cuisine.

Je regardais encore, en me frottant les yeux, cet étrange conciliabule, lorsque le chef reprit en ces termes :

« — N'est-ce point assez pour vous d'être les exécuteurs de » mes volontés impériales ?...

» Ne vous suffit-il point d'avoir cet honneur suprême de » m'approcher à toute heure, de former le grand conseil du su- » blime empire des légumineuses, des ombellifères et des cu- » curbitacées ?...

» Ne vous laissez pas griser par ces priviléges inouïs ; n'aug- » mentez pas la défiance naturelle de mes sujets pour des » ministres pris en dehors de leur sein ! »

J'étais tout oreilles.

L'intérêt grandissait pour moi de toute la découverte d'un nouveau monde.

L'hallucination commencée par les pasquinades du vent, les ébats chorégraphiques de la lune dans les nuages, les silhouettes fantastiques des ifs et les moulinets exécutés par les branches des ormes, continuée ensuite par mes propres rêveries, couronnée enfin par cette étrange rencontre, m'avait mis en humeur de subir sans sourciller les événements les plus surnaturels.

J'acceptai donc, sans les discuter, **Cucurbitus Ier** et ses six ministres, et le royaume des légumes me parut aussi vénérable que celui de l'antique Ramsès.

Je ne cherchais plus que l'occasion d'en franchir la frontière, lorsque le prince harangua de nouveau ses ministres, que le respect rendait muets devant lui.

« — Vous, par exemple, **Irrigando**... »

— C'était au porte-arrosoir qu'il s'adressait.

« — Vous avez, sans me consulter, renouvelé la provision » d'eau de cette colonie de laitues romaines qui se trouve à » l'orient de ma domination. Vous avez commis là une de ces » sottises politiques qu'il n'est pas toujours facile de réparer !...

» — Rustre et bélître ! n'avez-vous donc pas remarqué l'usage » immodéré que, depuis quelque temps, cette partie de mes su-» jets avait fait de cette liqueur ?

» — N'avez-vous pas vu leur teint pâle, leurs mines abattues,

» leurs vêtements en désordre et tombant en lambeaux, âne
» et cuistre que vous êtes !... »

Ces mots un peu durs auraient pu faire croire que l'illustre
Cucurbitus sortait des limites de la modération.

Mais comme, en les prononçant, il tirait familièrement les
oreilles du coupable, à la manière de Napoléon, je vis bien que
l'indulgence était au fond de son cœur.

« — N'avez-vous pas compris, sot animal, continua-t-il, que
» cet état de langueur les livrait sans défense aux limaces brunes
» et aux pucerons verts, dont les bataillons rôdent sans cesse
» pour désoler et ravager mes sujets?

» — Tant pis pour vous, mulet têtu et sans cervelle !!! j'avais
» résolu ce soir de vous décorer de la croix du piment rouge;
» mais bernique! Estimez-vous fort heureux si je veux bien,
» pour cette fois, ne pas diminuer vos appointements! »

Irrigando s'inclina devant Sa Majesté, et arrosa ses pieds
de larmes, en signe de componction.

Cependant **Cucurbitus** tenait dans sa main une étoile formée
de trois piments croisés, brillante comme du corail de Naples.

A qui devait échoir cette haute faveur?

Je n'étais pas seul intrigué par cette grande question.

Les cinq acolytes de **Cucurbitus** faisaient claquer de désir leurs cinq langues contre leurs cinq palais, semblant déguster à l'avance la vigoureuse saveur de cette croix symbolique.

L'empereur reprit, en gourmandant son ministre de l'instruction publique, l'homme au plantoir, d'avoir, par son insouciance, desséché le cœur de quantité de ses jeunes sujets de la race des choux et des salades.

Il reprocha à **Seminarista**, l'homme aux sacs de graines, d'avoir encombré l'occident de jeunes navets voraces, les forçant ainsi à se disputer la place au soleil avec un acharnement très-nuisible à leur avenir.

Il gourmanda **Rateau**, son ministre de l'intérieur, d'avoir laissé s'introduire dans ses États des nuées d'étrangers herbus et barbus, infectés de mauvais principes et de doctrines subversives, et de permettre à des légumes cosmopolites d'empiéter sur le terrain des autres, au lieu de les interner dans leurs départements.

Il indiqua à **Forando**, l'officier à la bêche, quelques friches à retourner pour y asseoir ses nouvelles colonies.

Enfin, prenant un ton solennel, il remercia avec emphase son sixième bras droit, l'exécuteur des hautes-œuvres, le personnage bardé de taille-légumes et de couteaux de cuisine :

« — Approche, s'écria-t-il, mon fidèle **Cassarola**, que je
» couvre ta poitrine de ces piments croisés en étoile.

» Tu es la joie de mon palais et la providence de mon
» estomac; ton nez est un tubercule, tes joues sont deux grosses
» tomates, et ton ventre est une citrouille.

» Sois béni, ô Cassarola, grand financier et tourmenteur juré
» de mon empire, tu as mérité le titre de mon favori par la
» manière adroite dont tu ensaches les contributions de mes
» sujets, sous le nom de choucroutes, de conserves, de corni-
» chons, de sauces et de condiments.

» Tu as droit à l'estime de ton prince pour la façon vigou-
» reuse avec laquelle tu bouillis, tu farcis, tu haches, tu lardes,
» tu écartèles ceux de mes contribuables qui, arrivés à l'apogée
» de la richesse par leurs feuilles, leur ventre ou leurs racines,
» tendent à dissiper en fleurs et en graines leurs réserves opu-
» lentes sans mon impérial consentement. »

Disant cela, Cucurbitus, faisant un ressort de son doigt mé-
dium appuyé sur l'extrémité de son pouce, appliquait, sur le
nez en forme de patate qui ornait le visage de Cassarola, de petits coups secs et vifs, vulgairement appelés chiquenaudes, ce
qui était sans doute la manière de conférer aux néophytes le
grand ordre du piment étoilé.

A l'aspect de cette imposante cérémonie, résolu d'entamer, à quelque prix que ce fût, la connaissance d'un prince aussi magnanime,

Je sautai les quinze pieds qui me séparaient de lui.

Je tombai sur une place couverte de jeunes plants de carottes, dont les feuilles coquettes faisaient leur toilette du soir avant de s'endormir.

J'allais me relever, quand je me sentis saisir par les quatre membres, et me vis entouré des six pairs de la cour impériale.

Avant que je pusse m'expliquer, j'étais enlevé de terre, garrotté avec des tiges sèches de scorsonère, et porté aux pieds du souverain.

II

Utilité des Belles-Lettres au pays des Carottes

Cucurbitus s'était assis, pour me recevoir, sur un énorme potiron qui lui servait sans doute de trône de justice dans les occasions solennelles.

Il me contempla longuement avant de rompre le silence.

Pendant ce temps-là, je promenai mes regards sur son royaume, et je reconnus bientôt que ces vertes coupoles, que j'avais admirées de là-haut, n'étaient autres que des cloches à melons ; que les personnages verts au blanc parasol étaient des compagnies de fenouil et de carottes montées; que les places macadamisées étaient formées par des nattes à l'abri desquelles germaient des persils en bas âge et des cerfeuils à la mamelle;

4

et que les fanaux à feu tournant se composaient tout simplement de vers luisants épars dans les bordures.

L'empire de Cucurbitus était un immense potager.

Sur un signe du monarque,

Seminarista approcha du trône une grande cloche à melons ;

L'homme au rateau ouvrit une bâche vitrée, prison d'État où Sa Majesté faisait amender ses sujets ;

Irrigando brandit son arrosoir, prêt à me noyer au moindre signe du maître ;

Et **Cassarola** commença à aiguiser ses instruments de supplice.

Le magnanime empereur, après avoir observé l'effet que produisaient sur moi ces apprêts menaçants, m'interpella en ces termes :

— Audacieux étranger, qui t'amène dans mes domaines ? avais-tu l'exécrable intention d'y tirer des carottes d'une couche à peine germée ?

— Grand prince, lui répondis-je, vous me prenez pour un autre.

Cette réponse sage et conciliante me valut un regard un peu moins antipathique.

Je repris d'un ton où la franchise était empreinte :

— Bien que ce genre de légumes soit spécialement cultivé par toutes les variétés de l'espèce humaine, à laquelle j'ai le malheur d'appartenir, je vous déclare solennellement, ô sublime empereur, que je suis aussi innocent de tout forfait à cet égard, que le champignon qui vient d'éclore.

N'ayant jamais été ni industriel, ni homme politique, ni compagnie de chemin de fer, ni expéditeur californien, ni entrepreneur de quoi que ce fût, ni exploiteur de n'importe quoi, je me suis constamment occupé de toute autre chose que de l'extraction de la carotte ; surtout, illustre monarque, j'ai toujours porté trop de respect à la jeunesse et à l'ingénuité pour m'adresser à des légumes d'un âge aussi tendre que ceux-ci.

— Ces sentiments font l'éloge de tes mœurs, dit Cucurbitus ; mais l'homme est plus malfaisant que les chèvres, plus dissimulé que le mulot, plus rampant que les chenilles, plus rongeur que le lapin, et je ne me laisse pas prendre aux propos agréables. Tu n'es pas venu ici pour des prunes, puisque ce fruit à noyau est banni de mon empire.

Avoue donc ton crime et sois mis sous cloche !

Seminarista soulevait déjà la prison de verre, dans laquelle Irrigando et l'homme au plantoir se disposaient à m'enterrer.

— O Cucurbitus ! ! !

M'écriai-je, que toutes les gousses d'ail de ton empire me
dévorent les entrailles si je suis coupable d'autre chose que du
désir ardent de contempler les merveilles de ton royaume, et
de me prosterner à tes sacrés genoux.

La renommée aux voix nombreuses avait apporté jusqu'à
mes oreilles le bruit de ta grandeur.

— Je fais donc du bruit dans votre monde? interrompit
Cucurbitus, évidemment flatté de cette adroite imposture.

— Un bruit énorme, ô mon prince, ripostai-je effrontément.

— J'espérais pourtant passer inconnu sur cette terre, reprit
modestement l'empereur des légumineuses; ce seront mes haricots qui auront chanté mes louanges; les coquins n'en font
jamais d'autre; impossible de leur faire garder le moindre incognito. Et à la plus petite de mes actions ils courent les jardins
en faisant un appel aux flageolets.

— L'indiscrétion de ce farineux est suffisamment connue, répondis-je; mais vous comprenez maintenant, ô grand roi, qu'en
ma qualité d'historien, naturellement à la recherche des faits
les plus dignes d'être transmis à la postérité, j'ai tout sacrifié
pour courir à votre recherche.

— Historien! tu es historien? s'écria Cucurbitus.

— Oui, mon prince, historien et dessinateur, pour vous servir.

A ces mots Cucurbitus changea sa mine allongée en mine horizontale, c'est-à-dire souriante.

Pour dissiper ses derniers doutes, il me tira quelque peu les oreilles, de manière à les faire simuler des feuilles d'épinards ; me frappa sur le ventre comme sur la pomme d'un chou gonflé : m'écrasa le nez en forme de topinambour ; et, voyant que je supportais assez bien ces diverses épreuves, il frappa dans ses mains, et dit :

— Dieu soit loué !

— Dieu soit loué !

— Dieu soit loué !

Puis, me faisant asseoir au pied de son trône :

— Je t'attendais, mon fils, me dit-il d'une voix joyeuse, et je prends ta plume et ton crayon à mon service.

Je te fais grand historiographe de mon empire.

C'est toi qui mettras en ordre les mémoires que j'ai griffonnés à bâtons rompus pour instruire et émerveiller les générations futures.

— Vos mémoires ! m'écriai-je, saisi d'enthousiasme à cette pensée ;

Ordonnez, grand roi, je suis votre homme.

— Oui, mon fils, j'ai passé bien des heures solitaires à écrire ces notes précieuses que je vais déposer entre tes mains.

Tu y verras tout au long l'histoire de mes travaux et de mes conquêtes ; comment je me suis assimilé successivement les diverses peuplades de mon empire, les radiées, les crucifères, les herbacées...

Les plantes à jets succulents, à ventre précieux, à feuilles tendres, à racines savoureuses, à cosses fécondes ;

Comment j'ai civilisé ces natures sauvages, fixé ces hordes errantes ;

Tu y trouveras la peinture fidèle des caractères, des mœurs, des coutumes de chaque race, de chaque tribu, de chaque famille, dans le passé et dans le présent ;

La description de leurs uniformes et des changements que j'y ai introduits ;

Les sources de richesses que je leur ai ouvertes :

La manière dont je les ai débarrassées de leurs ennemis, dont j'ai combattu leurs rivalités...

— A toi, jeune écrivain du genre homme, la noble mission de rédiger les annales de l'empire des légumes.

Rends-les dignes de la grandeur du nom de Cucurbitus Ier, que je veux transmettre illuminé de gloire à nos derniers neveux.

Du reste, tu pourras consulter mes sujets eux-mêmes.

— Plaît-il? fis-je tout étonné.

— Depuis le melon superbe jusqu'à l'humble brin de cerfeuil, ils auront ordre de te respecter à l'égal de moi-même, de répondre à tes questions, de mettre à nu devant toi toutes leurs pensées. Si tu as à te plaindre d'un seul d'entre eux, Cassarola en fera prompte justice.

Tu bâilles, mon fils, tu m'as compris.

Et, me remettant une énorme liasse entremêlée de feuilles d'oseille, de lames de salsifis et d'aiguilles d'ognons, Cucurbitus Ier s'éloigna avec la majesté d'une tête couronnée.

Je le suivis quelque temps d'un air hébété, admirant la grâce nonchalante avec laquelle ce puissant souverain se dandinait le long des sentiers de son empire.

Puis je me frictionnai légèrement les paupières, pour bien m'assurer que ceci n'était pas un rêve.

Cette opération m'ayant convaincu plus que jamais que j'étais parfaitement éveillé, je rouvris les yeux et j'aperçus de loin Cucurbitus, qui m'adressait un geste amical avant de disparaître dans l'ombre.

Je tombai sur un banc de mousse, écrasé sous le poids de la tâche immense qu'il m'imposait, et j'ouvris cet étrange manuscrit, au frontispice duquel je lus ces mots écrits à l'encre verte :

COMMENTAIRES

DE

CUCURBITUS Iᴱᴿ

III

INTERMÈDE PHILOSOPHIQUE

Me voilà donc historien d'un peuple entièrement nouveau pour moi ; chargé de relater les grandeurs d'une nation que j'avais crue jusqu'à présent incapable d'exiger un autre honneur que celui d'être digérée. Il m'avait toujours semblé que c'était à l'adresse des sujets du grand Cucurbitus que Béranger avait composé ces deux vers célèbres :

> Pour fouler aux pieds le vulgaire,
> Homme ou bœuf, il n'importe guère.

Après avoir longtemps réfléchi, je pris la résolution de ne rien ajouter ni retrancher aux mémoires du grand fondateur.

Ce conquérant m'avait paru si original, si différent du reste des mortels, si étonnamment supérieur à tous les êtres de cette espèce qu'il appelait le *genre homme*, que je compris combien je gâterais son œuvre, en y faisant des amendements de ma façon.

Je me contenterai de mettre un peu d'ordre à ces notes curieuses, et de les servir au public avec le cachet original que leur a imprimé cet excentrique cerveau.

Les commentaires de Cucurbitus feront certainement pendant, un jour, — et ce jour n'est pas loin, — aux commentaires de César, avec cette différence toute à l'avantage de l'empereur des légumes, que les guerres racontées par son rival finiront par ennuyer le genre humain, tandis que les conquêtes de la salade et de la betterave intéresseront les esprits aussi longtemps qu'ils auront un estomac.

IV

CARACTÈRE DE CUCURBITUS

Cucurbitus n'avait jamais aimé les hommes.

Il avait toujours trouvé qu'avec de fausses apparences de végétaux par le port, par l'encolure, par la pelure variée, par les bourgeons, par les branches ou bras, par les mousses ou barbes, etc., ils étaient loin de rendre les mêmes services que les enfants de la nature végétale.

Ils avaient beaucoup moins de grâce, de fantaisie, de décence et de propreté, ne croissaient pas avec autant de vitesse, et parlaient beaucoup plus souvent et plus bruyamment que les plantes, qui cependant pensent autant et réfléchissent mieux.

— Les hommes, disait-il souvent, ne sont que des légumes contrefaits.

Un beau jour donc, il quitta tout à fait la société des humains, et s'en alla par les champs et par les plaines trouver les êtres verdoyants qu'il avait appris à estimer.

Son projet n'était pas d'abord de fonder un empire. Il voulait simplement se créer des amis enracinés, pour avoir toujours leurs consolations sous sa main.

Le pèlerinage de celui qui devait être Cucurbitus fut long et hérissé de fatigues et de peines de cœur.

Un fragment de ses propres notes, dans toute la naïve crudité de son style, fera comprendre la chose aux plus obtus de nos lecteurs.

V

Comment fut fondé l'Empire des Légumes

« La septième année de ma vie solitaire à travers champs et forêts, le régime plus que frugal auquel je m'étais astreint m'avait réduit à l'état de cardon maigre. Mon corps n'était plus qu'une longue côte à embranchements.

» En cet état, j'inspirais aux simples une confiance illimitée. Les plantes, mes amies, me surent gré de cette métamorphose. Elles croyaient, et je me donnais garde de les détromper, que j'avais non-seulement abandonné la coutume de manger de la chair animale, mais encore de me nourrir de végétaux ; que, pour leur prouver ma tendresse, et pour être moins indigne de leur société, j'avais pris l'habitude de ne me repaître, comme

les vrais légumes, que d'eau de mare ou de pluie, et de minéraux enlevés au sol par les clous de mes souliers.

» Cependant l'estime de ces naïfs sauvages commençait à ne
plus me suffire ; je laissais un lambeau de mon corps à chaque
lande, à chaque colline, à chaque prairie que je traversais.

» Je méditais donc de me rapprocher des boucheries et des
cuisines humaines.

» Il m'en coûtait pourtant d'abandonner mes nouvelles connaissances, chez plusieurs desquelles j'avais découvert une
grande facilité d'éducation, de la propension à se rendre utiles,
une souplesse merveilleuse à se plier à mes désirs, une docilité
parfaite à exécuter mes volontés.

» Mais comment faire ? malgré toute ma bonne volonté, il
me devenait chaque jour de plus en plus impossible de continuer à cultiver mes relations végétales, souvent placées à de
grandes distances les unes des autres.

» Si, par exemple, je passais quelques semaines à donner
des soins aux salsifis à fleur dorée que j'avais découverts dans
les riches pâturages de la Normandie, les asperges des environs
de Sorrente s'étiolaient et reprenaient leur attitude grêle et
dure

» Si je m'arrêtais à l'éducation des oseilles et des mâches des
bords de la Saône, mes artichauts de Laon redevenaient chardons.

» Mon activité, quelque surhumaine qu'elle fût, ne pouvait suffire à tous les devoirs que m'imposaient des amitiés si nombreuses et si diverses, et je ne pouvais en négliger aucune, sous peine de la voir dépérir de sécheresse et d'ennui.

» Bien plus, obligées par la nature de leurs professions de passer la nuit en plein air, des familles entières de ces peuplades naïves disparaissaient souvent sous la dent des bêtes fauves. Elles étaient sans cesse exposées à être englouties dans l'estomac altéré de verdure du lièvre ou du lapin.

» Un jour entre autres, c'était le jour de la Saint-Jean, la fête patronale de mes sujets. Ils revêtent à cette époque ce qu'ils ont de mieux en velours et en satin ; épuisent, pour se parfumer, les trésors de leurs cassolettes ; ornent leur front de leurs plus somptueux panaches, et se passent au cou les plus fines perles de rosée, afin de justifier cette expression proverbiale qui signifie le maximum des richesses humaines et végétales : Toutes les herbes de la Saint-Jean.

» Ce jour-là donc, je pressais le pas pour aller rendre visite à une famille de chicorées qui fleurissaient couleur du ciel, dans une sorte de petit cap Vert formé par un coude de la Loire.

» Mon cœur bondissait de joie en songeant à ces amis que j'allais retrouver frais, dispos et joyeux aux sortir du bain de vapeur qu'ils prenaient chaque matin dans les tièdes émanations du fleuve hospitalier.

» Mon imagination savourait d'avance la saveur sauvage qu'exhalaient les hôtes de cette oasis de la Loire.

» Au détour d'une haie vive, j'allongeai le cou et tournai curieusement la tête dans la direction de mes disciples à pourpoint déchiqueté.

» Hélas! je n'oublierai jamais cette douleur. — Une chèvre et deux chevraux ravageaient la contrée, et achevaient de dévorer cette colonie que j'avais laissée si heureuse et si florissante !

» Non, jamais la terrible armée de Turenne ravageant le Palatinat n'avait accompli de tels désastres.

» Je poussai un cri et retournai sur mes pas, sans avoir la force de regarder en arrière.

» Une autre fois, c'était un soc de charrue qui avait déraciné une colonie d'ails, malgré la grâce des tire-bouchons verts dont ils ornaient leur terre natale.

» Ailleurs c'était un clan de pissenlits brûlés et mourant de soif qui, d'un air désespéré, lançaient à mon approche leurs dernières aigrettes de neige.

» Pauvre pissenlit, dont vous riez tant dans votre monde, et qui reste courbé sous la honte d'un nom qu'il n'a rien fait pour mériter, ce qui prouve une fois de plus combien les hommes sont légers dans leurs décisions les plus graves !

» Chaque jour, l'absence et la fatalité de l'éloignement causaient de nouveaux malheurs à mes protégés.

» Le spectacle de ces désastres me navrait de douleurs inouïes ; mon œil se plombait, et, sous l'influence de ces noirs soucis, mon nez s'allongeait comme une vitelotte.

» — Ah ! si je pouvais rassembler ces familles éparses, réunir ces tribus dispersées, décider ces peuplades d'origine et de climats divers à former une grande et puissante nation !

» Mais comment les convaincre, et en supposant que j'y parvinsse, quelle forme de gouvernement établir, pour mettre d'accord toutes ces ambitions rivales, toutes ces prétentions jalouses, toutes ces mœurs disparates !

» Une république fédérative était impossible ; c'eût été la guerre civile organisée !

» Un bras de fer seul pouvait contenir dans le devoir ces bandes indisciplinées.

» Dans l'intérêt même de leur sûreté, de leur grandeur, un chef, un maître, un empereur était nécessaire, et ce chef, ce maître, cet empereur, qui pouvait-il être ?

» Je décidai que ce serait moi.

» A ce projet, ma tête s'enflamma, et j'entendis tressaillir en moi la tirade de Charles-Quint au tombeau de Charlemagne :

Empereur, empereur! être empereur! ô rage!...

» C'était un rêve sublime !

» C'était, si l'on veut, une odieuse usurpation ; mais, en étudiant l'histoire de l'antiquité, je vis que quantité d'amis du peuple n'avaient procédé par la démocratie que pour arriver au despotisme.

» L'exemple de ces grands hommes rassura ma conscience, et je résolus de les imiter en tous points.

» Je ne me dissimulai pas que la tâche était rude.

» Ces peuples dont je voulais faire des sujets étaient nés libres et tenaient à leur liberté.

» Jusqu'à présent, ils n'avaient compté avec personne, et l'idée de payer un impôt pour couvrir les frais d'un gouvernement, la dotation nécessaire à un César, devaient nécessairement les effrayer et nuire à ma propagande impérialiste.

» Je résolus donc de leur dissimuler le côté disciplinaire et fiscal de mon plan, et de les prendre par les appâts matériels.

» Je recommençai mes courses, prêchant partout à mes chers vagabonds les douceurs de la vie paisible et les splendeurs des engrais perpétuels.

» Je profitai de mon apparence étiolée, de ma maigreur agreste, de ma ressemblance avec une tige sans suc pour me mêler à leurs conseils, comme un de leurs compagnons les plus démocratiques, imitant en cela l'exemple de Cromwell et de bien d'autres tyrans jadis populaires et républicains.

» Je leur démontrai comment un puits toujours plein jusqu'aux bords serait prêt sans cesse à étancher leur soif; comment les sucs nourriciers entoureraient constamment leurs racines.

» Je fis luire à leurs regards les joies de la famille, en montrant leurs semences germant à leurs pieds sans être enlevées au loin par l'arbitraire des coups de vent; en leur vantant le bonheur d'élever leurs enfants sous leurs yeux, et de les voir grandir à l'ombre de leurs feuilles.

» Je m'appliquai surtout à leur faire sentir le prix de la sécurité, à l'abri de bons murs aussi vastes que ceux de la Thèbes antique, aussi capables que ceux-ci de résister aux efforts de la chèvre et du bélier.

» Je leur expliquai la surveillance active que j'emploierais à les délivrer des vers rongeurs, des chenilles immondes, des larves impures, et de tous leurs autres ennemis, et la facilité que le peu d'espace à parcourir me donnerait pour remplir cette fonction délicate.

» Comme on peut bien le penser, je ne convertis pas d'un seul coup tout mon petit monde à la foi de ces institutions nouvelles.

» Çà et là me furent adressées des objections dont quelques-unes ne manquèrent pas de m'embarrasser.

» Un concombre des Cyclades grecques me demanda, par exemple, comment il passerait l'hiver sur les bords glacés de la Seine.

» Je lui parlai de palais voûtés, de salles de verre et de manteaux de paille nattée ; mais il hocha la tête, me traita d'utopiste, et me contraignit à user de violence pour le transporter ici.

» Quelques autres peuplades obstinées dans leurs idées de liberté et d'indépendance, dans leur amour pour le sol natal, dans leur attachement à la foi de leurs pères, me forcèrent aussi à user de la force pour les initier aux bienfaits de la civilisation ; mais je dois dire que la douceur et la persuasion m'aidèrent généralement beaucoup plus que la brutalité pour fonder mon empire.

» Sans cela, les remords m'auraient étouffé depuis longtemps.

» Cependant mon énergie ne vint pas toujours à bout des récalcitrants.

» La mâche, malgré sa douceur apparente et sa mine froide et pincée, s'obstina longtemps à sauter par-dessus nos murs.

» Mais enfin, après dix ans de travaux et d'apostolat, d'éloquence et de ruse, je parvins à rassembler et à maintenir les races les plus récalcitrantes sous ma domination.

» Je me flattais enfin de pouvoir goûter le repos ; mais, hélas ! j'avais compté sans les embarras, les soucis et les inquiétudes du pouvoir.

» Ah ! c'est une chose pénible que d'avoir charge de citrouilles et de navets !

» Nouveau Pierre Ier, je dus forcer les uns à se dépouiller de leurs poils, contraindre les autres à se nettoyer de leurs senteurs âcres, allonger les pans de ceux-ci, raccourcir les manches de ceux-là, varier et brillanter les uniformes de tous, leur imposer un régime salutaire, les habituer à payer l'impôt sans murmurer.

» Il me fallut surtout. — et cela n'est point encore entièrement accompli, mettre un frein aux disputes sans nombre de ces barbares qui se trouvaient pour la première fois en société.

» C'était à qui empiéterait sur le territoire de ses voisins.

» Les uns étaient trop à l'ombre, les autres se trouvaient trop au soleil.

» Les choux se plaignaient des ombelles des carottes ; les carottes se disputaient avec les pousses traînantes des potirons ; les salsifis montaient sur le dos des épinards ; les raves germaient au milieu des ognons... — C'était à en perdre la tête.

» Les plaintes et les rixes de mes sujets me poursuivaient jusque dans mes rêves.

» Je songeai donc à prendre pour conseil des ministres dans la race humaine ; à m'adjoindre dans mes pénibles fonctions ceux de mes pareils qui auraient le plus d'analogie avec les races qu'il s'agissait de gouverner.

» Alors, plus libre de mes instants, je pus recueillir mes souvenirs, et écrire les études de mœurs végétales que je livre dans ces mémoires à la postérité. »

UN MINISTRE DE CUCURBITUS

VI

Excursion à travers choux et panais

Ceci n'était, comme on peut le voir, qu'une sorte de préface historique aux commentaires du grand Cucurbitus.

Je posai un instant son manuscrit à mes pieds.

Avant de mettre en ordre le reste de ces documents, je voulais apprendre la langue et me familiariser un peu avec ses sujets.

Je me levai donc et me mis à cheminer sur les grandes routes de l'empire.

Je ne vis d'abord que des légumes de toutes sortes dans leur apparence d'engourdissement ordinaire, et je ne démêlai pas d'autre son que le murmure accoutumé du vent frais des nuits dans les feuilles.

Mais bientôt, à force de tendre mon attention, il me sembla entendre tout autour de moi une foule de petits bruits confus, pareils à ceux qui s'élèveraient d'une cité de travailleurs lilliputiens silencieusement occupés à toutes sortes d'industries.

Il fallait évidemment avoir reçu comme moi un commencement d'initiation, pour percevoir la nature de ces bruissements.

Je façonnai donc de mon mieux mon oreille à la taille et au genre d'occupations de ces ouvriers de nouvelle espèce, et peu à peu je parvins à distinguer les bruits des pompes aspirantes qui allaient chercher les eaux du sol, les coups de sonde des navets et le forage des radis; je perçus nettement le déplissage des feuilles et l'allongement des tiges; j'entendis tourner les vrilles des carottes et des scorsonères; je démêlai les uns des autres tous les frôlements de ces ateliers nains où mes petits travailleurs tissaient, filaient, enluminaient et se trémoussaient à qui mieux mieux.

Tout à coup je crus entendre un bruit plus fort dans le lointain, du côté du sud.

Je pressai le pas, et j'arrivai dans une province habitée par une peuplade de panais, dont une partie essayait, en gémissant, de secouer les gigantesques mèches d'une sorte de tête de Méduse qui se roulait sur eux et les étouffait dans ses étreintes meurtrières.

Touché de pitié pour les misères et les efforts des malheureux panais, je m'approchai du géant, et l'engageai à donner à ses torsades noueuses une direction plus innocente.

Le monstre à tête jaune ne me répondit même pas.

En ce moment j'entendis derrière moi un grand éclat de rire qui raillait ma simplicité.

C'était Cucurbitus lui-même. Ce grand monarque se promenait seul et sans suite, pour étudier, au clair de la lune, les mystères de son empire.

— Ne voyez-vous pas, me dit-il, que le brutal auquel vous adressez si poliment la parole est de la famille de mon concombre raisonneur des Cyclades grecques? Ces gens-là n'écoutent aucune raison et n'en font qu'à leur tête. Voilà la troisième fois que je remets ce jet désordonné dans un lieu convenable, et il le ramène toujours obstinément sur ces infortunés panais. — Mais soyez tranquille, demain il ne nuira plus à son prochain. Au lever de l'aurore je le livrerai à Cassarola, qui lui fendra le ventre et lui mettra les côtes en long.

Ce discours me fit frémir. Je n'étais pas encore habitué aux façons orientales de l'empereur des légumes.

La victime avait entendu cet arrêt impitoyable, et pourtant elle resta froide et impassible. Sans un léger frissonnement qui parcourut son épine dorsale et fit trembler toutes les pièces de son vêtement, je l'aurais crue déjà inanimée.

— Race indomptable et farouche, murmura Cucurbitus, je saurai pourtant bien te contraindre à te plier sous ma puissance !

Le souverain continua sa promenade nocturne, et je revins à ma tâche d'historiographe impérial, tout ému de ce tragique incident.

VII

CE QU'IL Y A SUR UNE FEUILLE DE CHOU

« Au commencement, reprend Cucurbitus dans ses mémoires, j'établis dans mon empire l'égalité la plus absolue. Je laissai même aux instincts primitifs de mes sujets une liberté d'expansion qui devait leur rendre moins dure la perte de la liberté dont chaque famille avait joui sur la terre natale.

» Irrigando eut ordre de servir à tous la même ration, jusqu'à ce qu'on eût distingué les gens sobres de ceux qui étaient enclins à la boisson.

» Forando préparait avec une sollicitude égale la localité que Seminarista destinait à chaque peuplade.

» Je leur fis donner la même nourriture et les mêmes soins, sans m'occuper des désirs ni des appétits.

» Ce régime, si équitable en apparence, eut des conséquences funestes : les plus gros mangeurs devinrent étiques ; les constitutions frêles, habituées à des mets délicats, eurent la jaunisse ou la chlorose ; les individus continents acquirent à ce traitement des pléthores, des maladies de peau et des congestions.

» Un nouvel arrivé d'Amérique, entre autres, sorte de philosophe ou d'alchimiste, dont le travail se fait sous terre dans des creusets de couleur brune, m'arrêta un jour pour me faire considérer l'état blafard de sa chevelure.

» — Voyez à vos pieds, me dit-il, baissez-vous, seigneur ! ouvrez mes caves, vous y trouverez tous mes membres tuméfiés par l'hydropisie ; ma tête ressemble à celle d'un hydrocéphale ; la gangrène serpente déjà en veines bleues dans tous mes membres, et je vais mourir avant peu si Votre Majesté ne force ses ministres à ne plus m'entourer de mets et de boissons qui ne conviennent pas à un penseur dont le corps prend aussi peu d'exercice que le mien.

» Ce sage, digne des temps antiques, se nommait la pomme de terre.

» Nous reviendrons plus tard sur cette race de planteurs héroïques dont l'invasion fit couler les larmes des raves, et ruina l'influence des navets.

» Pauvre tubercule ! l'abondance détériorait sa santé et entravait son génie.

» Il me suppliait de l'aider à revenir à sa primitive sobriété.

» O Parmentier, tes mânes ont dû tressaillir de joie et d'orgueil, en contemplant les vertus austères et la fière simplicité de ton élève !

» Quelle leçon pour les hommes et les melons, pour les melons surtout !

» Ces derniers, puisque je viens de les nommer, m'assaillirent de plaintes bien différentes.

» Ils glissèrent sous leurs cloches leurs mains amaigries, et me firent comprendre qu'il leur fallait absolument, pour ne pas perdre leur bonne mine et leur embonpoint jusqu'à ce que mort s'ensuivît, des couches tièdes et moelleuses, une table toujours couverte de mets substantiels, de denrées solides bien recuites et faisandées à point, pas trop noyées d'eau de puits ou de fontaine.

» J'accueillis avec bonté les réclamations de ces voluptueux sybarites, aussi bien que les demandes moins coûteuses des amis de la sobriété; je vérifiai de mes propres yeux la justice des uns et des autres ; je lus avec impartialité tous les placets qui me furent adressés; je prêtai l'oreille à toutes les plaintes, et j'opérai avec prudence toutes les améliorations que sollicitaient mes peuples. J'accordai des suppléments de solde aux uns, et je délivrai les autres des séductions de l'intempérance qui entravait leur avenir... »

Il avait reçu des placets...

Cela me fit sourire, par un reste de scepticisme humain.

On quitte si difficilement ses mauvaises habitudes !

— Parbleu, m'écriai-je tout haut, j'aurais bien voulu voir ces placets ! Comment Sa Majesté n'a-t-elle pas pris le soin de joindre à ses mémoires des documents d'un si haut intérêt ?...

— Ils y sont, mon fils, dit une voix à mon oreille.

Cette voix était celle du grand Cucurtibus, qui, après sa tournée, était venu s'asseoir à mes côtés, et suivait de ses yeux verts les progrès de mon travail.

— Et où sont-ils donc, seigneur ? lui demandai-je.

On se rappelle que dans la liasse de papiers que me remit l'illustre empereur, au moment où il me conféra la dignité d'historiographe, se trouvaient mêlés aux feuillets des tabliers de romaines, des lames de salsifis, des rubans d'ognons, des ovales de pourpier, des pièces ridées du vêtement des chicorées, et autres fragments de végétaux.

Bête comme un simple bipède de race humaine, je n'avais

vu là que l'effet de la négligence de l'empereur à soigner ses manuscrits.

O Cucurbitus, excuse mon ignorance et pardonne à ma faiblesse !

Les hommes et les concombres sont sujets à l'erreur, le céleri le plus irréprochable n'est pas exempt de préventions injustes, et la vitelotte immaculée elle-même peut concevoir de mauvaises pensées.

Ces débris desséchés, ces pans d'habits de plantes jadis vivaces, ces dépouilles de potagères contenaient les placets et les pétitions dont j'avais regretté la perte, et, l'avouerai-je? — (pourquoi ne l'avouerais-je pas?) — dont j'avais osé suspecter l'existence, faisant ainsi au prince magnanime qui daignait m'admettre dans son intimité la mortelle injure de mettre en doute sa raison et sa véracité.

Cucurbitus me réprimanda sur ma stupidité avec une douceur qui pénétra mon âme; puis, ramassant quelques-unes des pièces qui s'étaient échappées de la liasse, il les fit passer sous mes yeux, et mit une ineffable complaisance à me les expliquer.

— Les caractères sont de l'hébreu pour toi, j'en conviens, me dit-il; mais cela ne prouve qu'une chose, ô mon fils, c'est que tu es un âne.

— Prince, je suis loin de prétendre le contraire, répondis-je avec une humilité qui n'était pas seulement sur mes lèvres.

Cette résignation vraie toucha le monarque.

Il m'adressa un regard affectueux et continua en ces termes :

— Remarque combien ces hiéroglyphes sont lisiblement tracés ; car, je ne saurais le dissimuler, mes sujets en sont encore aux hiéroglyphes ; la plupart d'entre eux n'emploient même que des caractères cunéiformes.

— Cunéiformes, ô grand prince !

— Cunéiformes, ô mon fils !

C'est à peine si l'on distingue par-ci par-là quelque trace de l'écriture démotique rapportée récemment des ruines de Memphis, par une carotte voyageuse qui vient de publier ses impressions.

— Prince, m'écriai-je, vous me promenez au milieu des surprises ! C'est toujours de plus fort en plus fort.

— Comme chez Nicollet, dit le roi.

Il n'y avait rien à répondre à cela. Aussi je me renfermai dans le silence. Mais mon admiration pour l'incomparable Cucurbitus grandissait de minute en minute.

Je finis par écouter sa parole filandreuse avec autant de respect que si j'eusse entendu les arguments prophétiques des chênes de la forêt de Dodone, dont cet homme singulier prétendait descendre, comme on le verra par la suite.

— Regarde cette feuille de chou, me dit-il; c'est la mieux tracée de la collection.

En effet, le burin ou le *style* des anciens n'aurait pas laissé sur cette tablette flexible une empreinte plus nette et plus régulière.

— Cela t'étonne de la part du chou ?

— Je ne le nie pas, maître. Cela m'étonne de la part du chou. Mais il est juste d'avouer que cela m'eût étonné de la part de tout autre.

— Oh ! de tout autre, c'est aller trop loin, reprit l'empereur en souriant; tu vas en convenir toi-même.

— Je ne demande pas mieux.

— Le chou, continua le monarque, est un gros égoïste, sensuel et peu littéraire, qui néglige toutes choses pour soigner son ventre.

Mais, comme il est riche en détritus de toute espèce, il fait faire sa besogne par les gens de plume pour une faible rétribution, ce qui n'a pas peu contribué à induire en erreur votre espèce, qui répète de génération en génération, sur la foi d'un de ces lettrés, que les enfants viennent sous les choux.

Il s'adresse tantôt à une sauterelle qu'on appelle écrivain chez les hommes eux-mêmes, tantôt à une chenille, dite arpenteur, qu'il prend à sa solde, pour en obtenir une rédaction et une écriture semblables à celles-ci.

Il fait de même quand il écrit des poulets à de jeunes romaines ou à des chicorées qui ne sont pas encore trop déchirées. Aussi ce gros coffre-fort réussit-il quelquefois, comme feu la Popelinière, à se faire passer, aux yeux de quelques verdures, pour avoir du goût et une belle main.

Cucurbitus m'expliqua enfin comment d'autres citoyens de son empire s'y prenaient pour écrire eux-mêmes leurs placets et leur correspondance d'amour, d'affaires et de famille.

Entre mille procédés plus ou moins ingénieux, un surtout me frappa, parce qu'il était le plus répandu, le plus simple et le plus gracieux.

Il consistait à étendre de bon matin les feuilles destinées à cet usage, à les déplier au petit lever du jour, à les arrondir en coupe pour recevoir les gouttelettes de la rosée.

Cela fait, on étendait cette encre sympathique en filets, en lentilles aplaties, en sphères ovoïdales sur les parties qui devaient recevoir l'empreinte.

Quelque temps après, on dirigeait un rayon de soleil bien chaud et aigu, qui, passant à travers ces diamants de rosée

comme à travers un verre ardent, allait tracer, à la volonté de
la plante, l'expression de la douleur ou de la joie, les plaintes
et les remercîments, les faire-part de mariage ou de divorce,
de décès ou de naissance.

— C'est merveilleux ! m'écriai-je trois fois.

— Merveilleux, ô mon fils! tu n'es pas fort, pour un historien ; — mais ils sont tous comme cela.

— Il me semble, à moi, que tu devrais au contraire t'émerveiller de ne pas voir encore de plus grandes choses chez des
populations dont quelques races descendent d'incarnations di-
vines.

Pour le coup, Cucurbitus, malgré sa gloire, m'apparut
comme un agréable mais effronté Gascon.

J'allais me récrier fortement, lorsque, remarquant la révolte
que ses dernières paroles avaient allumée dans mon intelligence, il me dit, pour couper court à toute observation :

— As-tu donc oublié, étourneau, l'histoire des ognons
d'Égypte?

Je renonce à peindre la confusion où me plongea ce reproche
savant et tant mérité.

Cucurbitus dédaigna de pousser plus loin ses avantages;

mais, depuis ce moment, il entra en défiance sur l'universalité de mon talent, et résolut de suivre et de surveiller mon travail.

N'ayant rien de mieux à faire pour le moment, il resta donc à côté de moi, pendant que je continuais de lire et de transcrire son manuscrit, qui poursuivait en ces termes :

VIII

SÉRIES HIÉRARCHIQUES DES HERBIPÈDES

« Quand j'eus mis un peu d'ordre dans la manière de vivre de cette foule bigarrée, lorque j'eus pris en considération les estomacs et les appétits de chacun, mon travail de législateur, de philosophe, d'organisateur enfin, commença.

» Je fis de nombreuses excursions dans l'est et dans l'ouest de mon empire, sans négliger pour cela le sud non plus que le nord. En d'autres termes, je visitai fréquemment les quatre points cardinaux des régions qui m'étaient soumises.

» J'examinai avec soin les allures et les aptitudes de chaque race.

» La loupe à la main, j'étudiai attentivement tous les détails de leurs mœurs et de leur humeur, et la manière plus ou moins calme, plus ou moins patiente, plus ou moins altière ou turbulente avec laquelle les familles et même les individus accomplissaient leur mission dans ce monde.

» Cette tâche, quoique gigantesque, m'était facilitée par la sécurité avec laquelle se développaient mes gouvernés.

» J'avais si bien pourvu aux nécessités matérielles, à l'abondance intérieure, au confortable de chacun, que les inquiétudes et les soucis de l'existence ne les détournaient pas de leurs attractions.

» Dans les sociétés humaines, les préoccupations de la nourriture et de la boisson de chaque jour, les charges de la famille, les mille besoins, les nombreux soucis de la vie entraînent souvent les individus en dehors de leur caractère primitif, et empêchent d'étudier la nature véritable, essentielle de chaque être.

» Ici, rien de tout cela.

» J'avais tout réuni dans mes mains.

» Je m'étais fait Providence. Tout venait de moi régulièrement.

» Les routes, les canaux, les transports, les entrepôts d'approvisionnements, les détails d'asséchement, d'irrigation, les soins de voierie, j'avais tout centralisé, tout assumé sur ma tête et sur celle de Leurs Excellences mes fidèles ministres.

» Le conseil que je rassemblais régulièrement, soir et matin, portait continuellement ses vues de ce côté.

» Une faible surveillance de ma part, beaucoup de docilité de la leur, et peu de discussion : avec cela, tout allait à merveille pour la prospérité végétative de mes peuples. »

Qu'il me soit permis d'avouer ici que, sans excuser le despotisme un peu oriental de Cucurbitus, je m'inclinai profondément devant la miraculeuse sagesse de son génie.

Cet hommage muet le toucha beaucoup.

Il me fit signe de poursuivre, et je m'empressai d'obéir.

« Mes légumes purent donc, au bout d'un certain temps, se développer librement, sans être entravés par les craintes abrutissantes de la misère et de la faim.

» Or, je les vis peu à peu se diviser en castes, en corporations, en affiliations, ce que vous appelez chez vous familles, genres, espèces.

» Je vis poindre dans ce peuple neuf les germes de toutes les ambitions humaines et de toutes les aptitudes, de toutes les habitudes, de toutes les turpitudes qui se trouvent au milieu de vous.

» Je remarquai là aussi des financiers auxquels il fallait des avances considérables sur les fonds de l'État, et qui auraient volontiers dévoré mes budgets, si, comme les premiers rois de France, je n'avais pris le parti de les dépouiller de temps en temps, lorsque je les voyais suffisamment engraissés.

» Il se forma une caste à l'allure cléricale, les rigides poireaux, aux vêtements roides, sombres et inharmoniques, qui semblaient prier même en conspirant, et qui portaient sur leur tête un véritable goupillon dont le vent emportait les bénédictions.

» Je surpris une classe de petits bourgeois, mes petits choux de Bruxelles, sans cesse occupés à faire leur boule et à la cacher sous des haillons.

» Il y eut de blondes salades, coquettes au cœur tendre, qui se drapaient, se frisaient, se diapraient, se mettaient des volants et des sous-jupes, ou s'élançaient pour ressembler au palmier.

» Il y eut les radis noirs et rouges, caste de robustes travailleurs qui, fonctionnant loin du jour dans les mines ou dans les caves, fabriquaient des chefs-d'œuvre de goût et de bonté.

» Je découvris les haricots, société de causeurs joyeux qui allaient s'attacher à tous les voisins que le sort leur donnait.

» Rien ne manquait sur mon territoire.

» Il s'y trouva jusqu'à des races de guerriers pour le défendre

de ses ennemis, des individus à taille roide, à allure batail-
leuse, à odeurs fortes, exhalant des parfums méphitiques par
les extrémités inférieures, à la manière des bons gendarmes,
qui chassaient les insectes, arrêtaient les colimaçons, et dont
les vers n'osaient approcher... L'ail se distinguait dans cette
série. »

-- Te voilà encore tout effaré, mon fils, me dit le nouveau
César, en me voyant lever la tête avec surprise.

— Avouez, grand roi, qu'on le serait à moins, répondis-je.

— Sois tranquille, reprit-il ; rien de ce que tu lis n'est un
rêve.

Je n'en fais jamais, et je n'aime pas les rêveurs.

Tout ce que tu vois là a une certitude mathématique.

Et, comme je tiens à te convaincre scientifiquement, étant
partisan fanatique de la méthode expérimentale, à mesure que
nous passerons en revue dans mes notes les divers échelons de
cette série hiérarchique des herbipèdes, je te prendrai par la
main, ainsi que l'ange du Seigneur prit autrefois Tobie, et je te
mènerai vérifier auprès des types eux-mêmes l'exactitude de
mes observations.

Les guerriers et les artistes surtout ne demanderont pas
mieux que de te bavarder longuement leur histoire.

Le moment est proche où nous serons obligés d'aller sur le terrain.

—Je vous suivrai jusqu'au bout du monde ! m'écriai-je dans un saint enthousiasme.

— J'y compte bien, mon fils ; mais reprends ton travail.

Je le repris.

IX

Pourquoi Cucurbitus s'appelle ainsi et pas autrement

« Une race entre toutes devint superbe, envahissante, avide de gratifications opulentes et de domaines espacés.

» D'origine orientale, la grande lignée de la courge, dont les Latins, avant moi, avaient signalé l'existence, sous le nom de *cucurbita*, appuyée sur l'étendue de ses relations, sur l'antiquité de ses aïeux, sur le nombre de ses rejetons, prit des allures de suprématie que je dus respecter.

» Les nombreuses branches de la grande famille des cucurbi-tacées, dont l'arbre généalogique est joint à ces mémoires, de-

» Je me contentai de réprimer les vexations trop fortes, les oppressions trop féodales, les empiétements exagérés, les insolences insupportables; mais, comme je suis partisan des systèmes hiérarchiques, bases essentielles des trônes, je respectai leur priviléges, je caressai leur instinct de développement, et satisfis autant qu'il était en moi le prodigieux appétit de cette fière noblesse.

» Je fis mieux; pour me les attacher entièrement, je pris leur nom et leur titre.

» Henri IV était fier de se dire le premier gentilhomme de son royaume; je me montrai glorieux d'être nommé le premier concombre du mien.

» Je me fis, en outre, fabriquer un grand costume de cérémonie emprunté à leur uniforme, dont je rehausse de temps en temps l'éclat de ma dignité suprême.

» Ce costume, qui a quelque chose d'oriental dans sa coupe, pour rappeler leur origine, a flatté grandement cette race orgueilleuse.

» Ils en témoignèrent un tel contentement, surtout à propos de la couronne en forme de melon qui le domine, que je me décidai à en affubler également mes ministres, qui s'en parent dans les jours de grande fête, et surtout dans les conseils solennels où nous délibérons ensemble sur les plus graves affaires de l'État.

seurs et devenu traditionnel dans ma famille impériale, avoir une illustration digne de sa splendeur.

» Que le cantaloup, qui doit orner désormais le chef auguste des Cucurbitus, devienne aussi sacré dans la mémoire des peuples que le *pschem*, coiffure royale des Pharaons !

» La déférence particulière que je montrais à ces grands personnages n'était, du reste, que justice.

» J'avais lu dans l'histoire que ceux de leurs ancêtres qui croissaient et multipliaient jadis dans les plaines d'Antioche et de Ptolémaïs, avaient fourni des vivres aux croisés, et aidé puissamment, par ce secours, les chevaliers francs à la conquête de la Terre-Sainte.

» Cette conduite leur valut, par la suite, la faveur d'obtenir leurs grandes entrées au Louvre, où les reines Marie de Médicis, Anne d'Autriche et le dernier roi Louis-Philippe surtout les accueillirent toujours avec un nouveau plaisir. »

— Fermez un instant le manuscrit, me dit en ce moment le monarque des herbipèdes, et suivez-moi.

Je me levai et le suivis sans mot dire.

Nous prîmes la route du midi, à pied, comme de simples mortels, sans luxe, sans apparat et sans suite.

Mais, çà et là, quelques sujets attardés et les sentinelles des bordures semblaient s'écarter respectueusement et s'incliner sur notre passage.

Plusieurs groupes joyeux, portant des fleurs dans les cheveux ou à leurs boutonnières, en jetèrent des pétales sous les pas du prince, assez pour lui rendre un muet hommage, mais pas assez pourtant pour offenser son caprice d'incognito.

Après quatre longues minutes de marche silencieuse, nous aperçûmes, au détour de la route, une plaine légèrement cultivée et couverte de petits hangars d'où sortaient, de temps en temps, des figures pleines de verdeur, et quelques têtes en état de parfaite maturité.

Au milieu de cette contrée, s'élevait un puits à citerne, aux poteaux duquel étaient suspendus les vases consacrés au culte : seaux et arrosoirs.

— C'est le bon moment, dit le prince, pour fréquenter et étudier mes castes privilégiées. La chaleur les réunit tous les ans dans cette contrée, où ma noblesse aime à venir prendre les eaux.

X

QUELQUES PROFILS D'ARISTOCRATES

Au moment où nous touchions au but de notre expédition, la lune, aussi curieuse que nous-mêmes, écarta un fort beau voile de nuages dentelés qui lui couvrait la face, et, dirigeant sa lanterne sur nous, vint se mettre de la partie.

Cette clarté soudaine me fit apercevoir à mes pieds plusieurs individus de fort mauvaise mine, qui me causèrent d'abord une grande frayeur, bien que je fusse en compagnie de leur souverain.

Je fis instinctivement un bond en arrière.

— Qu'as-tu donc, mon fils? me dit Cucurbitus.

— Mais, sire, voyez donc ces vilaines têtes?

— Eh bien?

— Comment se sont-elles glissées ici?

— Elles ne s'y sont pas glissées du tout, elles sont venues bien librement, attirées par mes invitations et mes promesses.

Malgré leur air de matamore et leur coiffure à la façon des têtes des environs de Damas, ce sont de bonnes et douces natures.

Tu as dû en voir déjà, car j'en prête souvent aux amis de Cassarola pour monter la garde aux vitres de leurs gargotes.

Elles portent encore le costume de leur pays, et je n'ai pas cru devoir les forcer sitôt à en changer, puisqu'elles ne sont ici que depuis la campagne d'Égypte.

Elles s'étaient attachées vivement au général Bonaparte, malgré leur air rébarbatif et la froideur apparente de leur cœur.

Complétement rassuré par ces paroles, je me hasardai à les regarder de près.

C'étaient en effet des *barbarines*, vulgairement appelées *têtes de Maures*.

Ces étrangers avaient le corps grêle comme tous leurs congénères.

Leurs vêtements se composaient d'un tas de pièces d'étoffe qu'ils livraient au souffle du vent.

Je me dis que ce costume, un peu débraillé, provenait sans doute de la nécessité où ils sont de combattre la grande chaleur dont on jouit en Syrie.

Quant à leur tête, elle était perdue dans les nœuds d'une étoffe serrée, solide, dans un entassement de châles lissés avec soin et arrondis en turban autour d'une calotte blanche, jaune ou rouge, selon l'âge de l'individu.

J'allais passer outre, lorsque je vis une quantité d'autres personnages moins volumineux, adossés contre un treillage, et coiffés à peu près comme les premiers

— Ah! vous regardez ces folles-là? me dit en souriant mon illustre guide.

Vous leur faites plaisir.

Ce sont de vieilles coquettes qui ont voulu essayer du turban à leur tour.

Elles se sont juchées, comme vous voyez, à une sorte de balcon pour attirer les regards.

Elles ne sont bonnes, du reste, avec leur mine blafarde et leur tête aplatie, qu'à servir d'ornement... et quel ornement !

C'est à peine si les bonnes femmes de campagne daignent les mettre en évidence au sommet de leurs armoires.

— Mais, sire, on prétend qu'elles ont des sucs stomachiques et des remèdes souverains pour la poitrine et l'estomac.

— Allons donc ! Tu crois cela ?

— Dame ! le bruit en est généralement répandu.

— Remèdes de vieilles, mon cher, et rien de plus.

— Je suis trop poli pour contredire Votre Majesté, et trop respectueux pour ne pas la croire.

— A la bonne heure, dit le roi.

Puis, me montrant une société de melons qui folâtraient sur une couche moelleuse et bien garnie :

— Tiens, reprit-il, voilà cette fois de glorieux citoyens.

— Quand ils sont bons, maître, fis-je en souriant.

— Ils le sont toujours quand on sait les prendre.

— Cependant, sire, je dois vous avouer que ces messieurs ne jouissent pas, dans le monde, d'une réputation fort honorable.

Il y a un proverbe généralement répandu qui dit : Trompeur comme un melon.

Des savants très-érudits et des philosophes parfaitement profonds ont vainement cherché, jusqu'à ce jour, les moyens d'obtenir la vérité de ces écorces menteuses.

— Je ne nie pas qu'ils aient la manie de tromper, répondit le prince.

J'avoue même que c'est une de leurs plus agréables distractions; mais ce vice leur est commun avec tous les grands seigneurs...

— Et beaucoup d'autres encore, ô mon empereur !

— Tant pis, reprit le roi, pour les niais qui s'y laissent prendre.

Je n'ai aucune pitié pour les dupes ; rien ne force à venir jouer avec ces beaux habits brodés.

Personne n'est contraint de jeter son argent pour avoir l'honneur de s'approcher de ces muguets si frais, si joufflus et si parfumés.

Ayant ainsi parlé, il se baissa et frappa légèrement sur les joues d'un adulte de cette famille, qui en jaunit de plaisir.

Il mit le pouce sur la nuque d'un autre, façon familière de

Il en flaira plusieurs et distribua, à droite et à gauche, des félicitations et des encouragements.

Je vis bien que ces mignons odorants étaient ses favoris et qu'ils possédaient la meilleure part de ses prédilections.

Cette remarque ne retrancha rien à l'admiration sans cesse croissante que j'éprouvais pour cet illustre monarque.

Hélas! quel grand homme n'a ses faiblesses!

—Ah! s'écria Cucurbitus en gonflant ses narines, il y a quelque chose de voluptueux dans l'odeur que répandent autour d'eux ces petits marquis de mon empire.

On croirait respirer la quintessence des plus voluptueux parfums de l'Arabie.

Étonnez-vous, après cela, que j'aie fait d'eux mes courtisans les plus chers?...

Qu'ils soient persifleurs, séducteurs, menteurs, je les aime pour leurs vices mêmes; ils sont si doux, si mielleux, lorsqu'ils sont pris à point.

Je n'ai jamais compris ceux qui disaient pis que pendre de ces charmants convives, sous prétexte qu'ils ne pouvaient les digérer.

Je finis par me ranger complétement à son avis.

J'éprouvais ce je ne sais quoi qui vous force à la conviction quand les **rois** de la terre prennent la peine de discuter avec vous.

Ajoutez que moi-même j'avais un faible pour les cantaloups et que j'avais accordé plusieurs fois ma confiance à de simples melons gris de maraîcher.

J'oubliai donc facilement mes griefs contre toute l'espèce ; je passai sur les farces qu'ils m'avaient jouées dans le temps où je les fréquentais sans méfiance, et j'accordai à Cucurbitus que c'était réellement là les plus distingués, les plus nobles, les plus aristocratiques de ses sujets ; ceux de tous qui avaient le meilleur ton et surtout le meilleur goût.

— Et pourtant, s'écria-t-il avec un sourire empreint d'une amère ironie, pourtant, telle est la sottise de l'espèce humaine, que ces orgueilleux et stupides bipèdes ont eu l'insolence, la platitude de prendre ce noble nom de melon pour synonyme de nigaud et d'imbécile !

— Il n'est que trop vrai, grand roi, dis-je avec un soupir.

— O mon fils, me dit Cucurbitus en me fixant avec ce regard à la fois fin et profond qui n'appartenait qu'à Napoléon et à lui, une femme aimée t'a-t-elle jamais traité de cantaloup ?

— Oui, mon prince, répondis-je modestement.

— Une telle inconséquence ne saurait m'étonner de la part

de ce sexe fragile et inconsidéré, reprit le monarque. Il faut toute la perversité dont sont douées les femelles de votre race pour calomnier ainsi le plus noble, le plus chevaleresque entre tous les princes des légumes ; et l'on s'étonne, après cela, que les melons prennent plaisir à tromper les hommes ; mais il faudrait n'avoir pas de séve dans les veines pour pardonner de pareils affronts !

L'indignation de Cucurbitus était au comble en prononçant ces dernières paroles.

Debout, au milieu de ses favoris couchés à ses pieds, le poing levé vers le ciel, les yeux enflammés d'une sainte colère, il paraissait semblable à Calchas appelant la vengeance des dieux sur la ville du vieux Priam, ou à un druide des antiques forêts gauloises protestant devant le père des melons et des hommes contre les sacriléges de César.

— Prince, ô mon prince, calmez-vous ! m'écriai-je.

Une telle colère est indigne de la majesté royale, et vous vous exposez à une attaque d'apoplexie foudroyante.

Laissons de côté la race humaine avec ses erreurs et ses crimes et consolez-vous de la méchanceté des hommes en considérant la perfection des cantaloups !

— Tu as raison, mon fils, répondit Cucurbitus, visiblement calmé par cette apostrophe.

Puis, reportant complaisamment ses regards sur la couche aux sphères dorées :

— Regarde, continua-t-il, comme ils prennent des attitudes pittoresques !

Les uns semblent courbés sur des coussins, dans des robes de chambre de soie écrue, ornées de passementeries et d'arabesques ; les autres semblent parés de justaucorps et de soubrevestes de damas d'or enjolivées de rayures et de palmes vertes.

En voici qui ouvrent leurs lèvres roses pour aspirer la brise de la nuit ; remarque avec moi comme ils étendent tous gracieusement leurs membres couverts de fleurs safranées !

Il s'arrêta un moment comme ravi en extase, puis sa figure prit une teinte de mélancolie.

— Par malheur, reprit-il, ils ne vivent pas vieux ; ils usent trop vite de l'existence.

Il est vrai que mon amitié aveugle leur passe toutes leurs fantaisies ; aussi, les plus sensuels d'entre eux contractent-ils de bonne heure des difformités qui m'avertissent de leur fin.

Tiens, me dit-il en se baissant sur l'un d'eux, regarde ! celui-ci, par exemple, est couvert de bosses et de loupes : c'est un débauché vieilli avant l'âge par l'abus de tous les plaisirs.

Peut-être n'en serait-il pas ainsi si j'avais usé envers lui de plus de contrainte, mais je ne puis m'y résoudre.

Seulement, pour consoler leur vieillesse hâtive, j'établis des apanages et des majorats en faveur de leurs descendants, je m'engage à conserver à leurs fils les couches sur lesquelles ils les ont enfantés, et je continue à payer largement la figure distinguée que leur race doit faire dans le monde.

Bien mieux, j'ai le pròjet de donner leur nom à l'héritier de ma couronne : le dauphin de l'empire des légumes s'appellera bientôt le duc des Cantaloups.

XI

LES ASPASIES DU MONDE DES LÉGUMES

Pendant que Cucurbitus parlait de ses mauvais sujets de melons avec cette affection toute paternelle, j'aperçus quelques pieds de romaines qui passaient à travers les jambes de ses favoris.

Elles semblaient jouer d'une façon assez peu décente avec ces brillants aristocrates, sans s'effrayer aucunement de leurs grands airs.

— Prince, lui dis-je, que font là ces demoiselles qui semblent prendre plaisir à se faire effeuiller par les gens de cour ? Voyez donc comme les bras de vos amis mettent en lambeaux les vêtements de ces intruses, qui n'ont pas trop l'air de s'en fâcher.

Le roi tourna les regards du côté que je lui indiquais.

— Ah ! les libertines, s'écria-t-il, les voilà encore ! elles viennent chercher les appartements chauds et les matelas moelleux. Je crois bien qu'elles ne se plaignent pas ! le jeu les amuse ; elles accourent d'elles-mêmes provoquer ces messieurs à la débauche, en se faisant piquantes pour certains et douces pour d'autres.

— Comment ! fis-je tout étonné, les romaines d'aujourd'hui ont des mœurs à ce point dissolues ?

— Ne m'en parle pas, dit le souverain ; impossible de retenir ces drôlesses. Après cela, il ne faut pas trop leur en vouloir ; bien souvent, outre celles que des instincts de coquetterie native, un besoin insurmontable de luxe et de friandises entraînent dans ces débordements, il en est qui se trouvent de trop dans leur planche natale, et qui, pour ne pas réduire leur famille à des portions trop congrues, sont forcées de déserter la terre qui les a vues naître et d'aller vivre ailleurs. Des mères, ayant trop d'enfants à faire germer sur le peu de fumier qu'elles possèdent, les ont parfois abandonnées au vent qui les emporte sur les couches des opulents cantaloups. Ces messieurs les flétrissent, leur fendent le cœur, les dessèchent en folâtrant, et les pauvrettes périssent à la fleur de l'âge, après avoir savouré pendant quelques jours les joies de la richesse !

Hélas ! continua Cucurbitus en essuyant une larme, que j'en ai vu mourir de jeunes romaines !

— Prince, m'écriai-je, ne me cachez pas vos pleurs ! cette sensibilité vous honore plus que je ne saurais le dire.

—Tu dis vrai, reprit le roi ; mais ce n'est pas une raison pour encourager le vice. D'ailleurs, Séminarista a reçu l'ordre de faciliter les émigrations des familles trop chargées dans d'autres parties de mon empire, et si ce système de colonies n'empêche pas les débordements dont tu as un triste exemple sous les yeux, c'est que mes sujets, et surtout mes sujettes, y mettent de la mauvaise volonté.

Je m'inclinai en silence, admirant cette sagesse prévoyante, quoique malheureuse dans ses résultats.

Cucurbitus, ne voulant pas perdre cette occasion de se faire passer pour un austère moraliste aux yeux de ses administrés, s'approcha des romaines impudiques et leur tint à peu près ce langage :

— Romaines dégénérées et sans aucune espèce de mœurs, est-ce ainsi que vous soutenez la gloire sans tache de vos aïeules? Ah! combien vous donnez à rougir à la mémoire de ces nobles matrones qui ont illustré ce nom que vous n'avez pas honte de porter encore au milieu de vos débordements ! Vous parlerai-je de Cornélie, mère des Gracques ; de Véturie, qui donna le jour à Coriolan ; de Lucrèce, femme de Collatin, et de tant d'autres Romaines qui n'hésitèrent pas à se percer le outragez sans cesse? . Lisez, dans l'histoire, ces exemples de vertus, jeunes dévergondées, et rougissez de votre conduite!

Cette harangue éloquente ne me parut pas produire une impression bien efficace sur ces demoiselles.

L'une d'elles, qui s'appuyait sur une côte du plus beau, du plus riche, du plus coquet des jeunes seigneurs de la société melonnière, eut même l'impudence de faire au sublime empereur un geste narquois, un de ces gestes si familiers à certaines héroïnes de Gavarni, et si connus des Parisiens; puis ses lèvres, de la plus fraîche verdeur, s'entr'ouvrirent pour laisser échapper cette expression à la fois triviale et expressive :

— Oh ɮ c'te tête!

A quoi toutes les autres romaines répondirent par un éclat de rire universel qui fit trembler toutes les gouttes de rosée scintillante, en forme de boutons de diamants et de colliers, dont leurs feuilles étaient ornées.

Je jetai un regard à la fois ébahi et terrifié sur le monarque, m'imaginant que sa colère allait tonner d'une terrible manière sur la tête de ces impertinentes rebelles.

Mais le bon roi se contenta de sourire en haussant les épaules, et me dit :

—— Il faut pardonner bien des choses à ces folles créatures.

Les melons eux-mêmes, ces favoris privilégiés, qui auraient dû réprimer l'impertinence de leurs maîtresses par égard pour le souverain qui les comblait de tant de faveurs, les melons parurent n'avoir pas remarqué cette scène fâcheuse, et continuèrent à s'ébattre au clair de lune, comme si rien d'insolite ne se fût passé.

Je murmurais de cette ingratitude.

— Ne t'irrite pas contre ces jeunes fous, me dit le prince ; ils expieront assez cher les joies insoucieuses de leur printemps sous les obsessions de la carotte qui guette leurs vieux jours. Contemple ce triste mais salutaire exemple.

Et son auguste doigt me montra un vieux melon fourbu et goutteux, contre lequel se pressait, avec toutes les apparences de l'amour le plus dévoué, une jeune et perfide carotte.

La fine matoise prodiguait de douces flatteries et de fallacieuses caresses au vieux moribond, qui jubilait grotesquement dans les bras de la traîtresse.

— Oui, mon chéri, lui disait-elle en passant sa main sur son front pelé, vous êtes le seul amour de mon âme, et mon affection est tellement désintéressée que je refuserais le suc dont vous me nourrissez et tous les autres cadeaux dont me comble votre tendresse, si je ne savais trop que je vous offenserais en repoussant les dons de votre amitié.

— Nini, lui disait le cantaloup suranné, laisse dire les mauvaises langues ; je connais ton cœur, et je veux, pas plus tard que ce soir, te laisser, par testament, tous les biens que je possède en territoire et en engrais. Ma famille dira ce qu'elle voudra, tu seras mon unique héritière.

— Hâte-toi donc de signer et dépêche-toi de crever ensuite, vieux grigou, murmura à part la carotte.

— Voilà pourtant où nous conduit le vice, dit tristement Cucurbitus; mais il est temps de faire cesser tous ces désordres.

A ces mots, il sonna trois fois d'une tige d'oignon, en forme de mirliton, appendue à sa ceinture, en disant :

—Tu vas voir.

XII

LES BOURGEOISES

Un bruit de mirliton, parfaitement semblable à celui que venait de proférer la trompe d'ognon sonnée par Cucurbitus, répondit à son signal.

— Fort bien, dit-il, j'ai été entendu et compris. Dans quelques minutes les mœurs seront vengées. Mais que cela ne nous dérange pas! achevons de passer en revue mes familles aristocratiques. Dirigeons-nous vers le septentrion, où se trouve réunie pour le moment ma moyenne noblesse, dite des financiers ou des parvenus.

En rentrant sur la chaussée, nous fîmes quelques pas en avant.

A notre droite se trouvait une grande peuplade frisée, pommadée et lustrée.

Le souverain me la désigna sous le nom générique de *salades*, races piquantes et pimpantes, aux allures retroussées, aimant à flâner et à vagabonder.

— C'est de cette contrée, me dit-il, que sont descendues les jeunes romaines que nous venons de voir folâtrer sur les couches de melons.

Nous reviendrons plus tard étudier les mœurs un peu délabrées dont tu as eu déjà un échantillon, et les habitudes scélérates de ces gracieuses mais décevantes créatures.

Pour le moment, et afin de suivre un ordre quelconque, occupons-nous des citrouilles et des potirons, ainsi que de leur lignée.

Et il me fit entrer dans le département où mûrissaient les citrouilles à couleurs panachées.

La toilette de ces dames n'était pas du meilleur goût.

Je vis bien qu'elles boursouflaient leurs formes, et que l'intérieur ne devait pas être parfaitement plein.

— Tu as raison, me dit mon guide impérial.

Ce sont les épouses de ces gros financiers qui sont à quelques mètres plus loin, s'occupant d'affaires de bourse et autres choses graves, pendant que leurs compagnes cherchent, par l'exagération de leurs formes, à plaire à nos courtisans brodés et musqués.

J'admirais ces grosses commères à la face enluminée, embarrassées dans leurs jupes, le corps perdu dans d'immenses paniers, selon la mode de 1750, gonflées de sous-jupes et de maillots.

Elles se prélassaient avec un air d'importance bouffonne qui me rappelait les bourgeoises du dix-septième siècle, que le grand roi daignait admettre de temps en temps à sa cour, pour amuser sa jeune noblesse.

Je fis part de cette comparaison à Cucurbitus, qui daigna en sourire.

— Oui, oui, me dit-il ; mes jeunes cantaloups n'ont pas perdu l'aristocratique habitude de se moquer de ces bourgeoises.

Il en est même qui exploitent leur sottise et leur crédulité pour restaurer leur fortune dévorée avec les romaines ou enlevée par les carottes.

Tiens, regarde !

Je suivis du regard la ligne que projetait son index, et j'aperçus, en effet, un melon jeune encore, en train d'en conter à une citrouille qui, malgré le ridicule de sa mise, pouvait passer pour une assez jolie femelle.

— Belle dame, lui disait-il, je te jure par mes nobles aïeux

Dieu du ciel, comparez donc ses charmes avec les vôtres!

Quelle salade pourrait égaler jamais ce noble embonpoint et cette majestueuse tournure qui me fascinent, parole d'honneur!

— Est-ce bien vrai, doux ami? murmurait la citrouille en se carrant sous ces éloges.

— Par les cornes de votre potiron de mari, ma chère belle! aussi vrai que j'ai perdu cette nuit toutes mes feuilles au lansquenet, et que je suis obligé, mon cœur, d'aller coucher sur la paille, déshonneur auquel je ne survivrai pas, foi de gentilhomme cantaloup!

— Ah! mon beau chevalier, reprenait la citrouille en rougissant de plaisir, ne savez-vous pas que ma bourse est la vôtre, et que c'est moi qui tiens les clefs du coffre-fort?

— Par ma foi, chère, j'aurais craint d'abuser de votre amour, et j'étais bien décidé à chercher querelle tout de suite au seigneur Cassarola, grand prévôt de l'empire, afin de me faire couper les côtes!

— Ingrat, ne savez-vous pas que votre mort serait le signal de la mienne?

Je ne voulus pas en écouter d'avantage. J'étais indigné de l'indélicatesse du cantaloup.

Je m'éloignai brusquement de ce couple adultère.

Eh! mon cher, me dit en riant Cucurbitus, tes principes sont d'une rigidité louable, mais ridicule.

Le mari de cette citrouille s'est enrichi en prêtant à usure aux héritiers de ma vieille noblesse.

C'est une revanche que prennent mes favoris, et rien de plus.

Du reste, comptes-tu pour rien l'ennui de jouer auprès de ces sottes créatures le rôle d'amant passionné?

Il est juste qu'elles payent à beaux deniers comptants les hommages qui flattent leur vanité.

Je ne répondis rien à ces paroles immorales.

Le cynisme de cet empereur me révoltait, malgré le respect que je ne pouvais m'empêcher d'avoir pour lui.

Je vis bien qu'aucune considération ne pourrait surmonter la faiblesse qu'il avait pour ses melons, faiblesse qu'il poussait jusqu'à excuser leurs débordements et applaudir à leurs vices, et je renonçai à toute tentative pour changer ses préventions aveugles en faveur de ces illustres chenapans.

— La conversation de ces financières, reprit le monarque après un moment de silence, est aussi insipide et aussi insignifiante que leur costume est apprêté.

Elles ont, si l'on peut s'exprimer ainsi, une saveur banale et douceâtre qui en rend le commerce extrèmement ennuyeux et pénible.

—Sire, me hasardai-je à dire, on assure qu'elles font d'excellents potages.

— C'est la seule vertu qu'elles possèdent, répondit Cucurbitus. Elles sont bonnes ménagères, j'en conviens; mais alors qu'elles restent à la cuisine et ne s'avisent pas de fréquenter les courtisans.

—J'ai ouï dire aussi, repris-je, d'autant plus obstiné à relever le mérite des citrouilles, que je voyais mon auguste interlocuteur plus acharné à les déprécier; j'ai ouï dire qu'elles s'occupaient avec succès de médecine hygiénique.

— Et quand cela serait, mon fils, puisque tu t'obstines à doter d'une grande puissance médicale les individus de la famille des courges, elles ne gagneraient à cela que l'honorable position de sorcières.

Si tu tiens absolument à réclamer ce titre pour elles, je ne prétends pas le leur contester.

— Je ne tiens à rien de plus qu'à l'honneur de vous plaire, Majesté, répondis-je en m'inclinant.

— C'est ce que tu peux faire de mieux, dit le roi.

Du reste, un douloureux épisode, que Cucurbitus me fit remarquer avec un malin plaisir, diminua un peu ma sympathie pour les citrouilles.

Pour arriver jusqu'aux melons, dont elles allaient partager les plaisirs, les folles romaines étaient obligées de passer par le territoire de ces orgueilleuses matrones, qui, sans pitié pour leur faiblesse, les foulaient aux pieds et les écrasaient sous leur masse.

Beaucoup de ces jeunes imprudentes étaient étouffées vives dans les bras de leurs robustes rivales.

Beaucoup étaient traînées dans la poussière ou dans la boue, jusqu'à ce que mort s'ensuivît, par ces vindicatives créatures dont l'épaisse et béate apparence n'aurait pu faire soupçonner un tel excès de jalousie, un pareil raffinement de cruauté.

Ému jusqu'au fond de l'âme par les râles étouffés des pauvres victimes, j'allais me baisser et essayer d'en dégager quelques-unes.

Cucurbitus m'arrêta.

— Modère cet excès de sensibilité, me dit-il ; pour cette fois, ton intervention ne serait pas juste.

Les matrones sont sur leur terrain.

Qu'elles en fassent à leur volonté.

Je fus obligé de céder ; mais, je l'avoue, cette froide impar-

Je ne pus empêcher ma physionomie de trahir ce qui se passait au fond de mon cœur.

Le prince comprit la violence de la lutte, et il m'entraîna.

XIII

LES PARVENUS SONT PARTOUT LES MÊMES

Nous nous trouvions au milieu des potirons, gras personnages dont j'avais souvent rencontré le fac-similé dans le monde des hommes.

J'admirai à loisir les graves attitudes de ces financiers enrichis et gonflés par tous les sucs des environs que leur habileté et leurs rapines avaient su extorquer aux plantes avoisinantes.

On voyait là s'étaler ces ventres sans frein, sans taille et sans ceinture qui sont, aux yeux de tous les peuples, le symbole de

Je ne pus m'empêcher de rire de l'importance bouffonne qu'affectaient ces poitrines et ces joues boursouflées.

Ces gros satisfaits regardaient avec un souverain mépris les choux, les pommes de terre et les autres légumes d'une condition plus humble qui vivaient dans leur voisinage. En revanche, ils étaient rampants et obséquieux envers les melons grands seigneurs, qui les comblaient d'avanies tout en courtisant leurs femmes et en leur empruntant leurs richesses.

— Voilà, me dit Cucurbitus, voilà les maris trompés et bien dignes de l'être de tes chères citrouilles. C'est à tort que les crayons de vos caricaturistes, acharnés à ridiculiser le cantaloup, et à le faire passer pour un imbécile aux yeux des hommes sans jugement, l'ont représenté soit pêchant à la ligne, soit en bon mari bourgeois, donnant le bras à sa massive épouse, et s'en allant en partie fine à la campagne, le dimanche matin, après avoir fermé sa boutique. Le melon fait la cour à la femelle du potiron, quand il y trouve quelque avantage ; mais il ne lui donne pas le bras en public, dans la crainte de se ridiculiser aux yeux de ses amis.

— Par ma foi ! m'écriai-je tout à coup, voici un rapprochement bizarre !

— De quoi t'étonnes-tu, mon fils ? me demanda Cucurbitus.

— Regardez, seigneur, et dites-moi ce que peut faire cette asperge plantée comme une baguette de fusil à côté de ce potiron.

BOURGEOIS DE PARIS

en partie fine.

LES EXTRÊMES SE TOUCHENT

— Cette asperge est sa femme, dit Cucurbitus. Beaucoup de potirons ont été ainsi chercher des épouses parmi cette race de sveltes viragos, au lieu de se conjoindre avec les femelles que leur indiquaient la nature et la symétrie. J'ai même reconnu que c'étaient les plus gras et les plus aplatis qui se livraient de préférence à ces amours disproportionnées.

— Bah !

— Tu t'émerveilles de rien. N'as-tu pas remarqué que, dans votre monde, les petits hommes s'allient volontiers aux grandes femmes, et que les plus hautes femelles choisissent de préférence des avortons ?

— En effet, j'ai souvent rencontré des couples de cette nature (c'est probablement ce qui a fait naître ce dicton : Les extrêmes se touchent).

— Alors pourquoi veux-tu que la loi des contrastes n'existe pas aussi bien dans la race légumineuse que parmi l'espèce humaine ?

— Sire, je suis un sot.

— Mon fils, c'est toi qui l'as dit. — Du reste, plains ce potiron !

— Sire, je le plains, puisque tel est votre bon plaisir. Mais puis-je savoir de quoi il faut que je le plaigne ?

— Apprends-le en trois mots : L'asperge est dévote.

— En vérité ?

— Oui, mon ami. A la disgrâce de sa taille, à la sécheresse de ses traits, à la roideur de son maintien, l'asperge unit généralement le fléau de la bigoterie.

— Hélas! mon roi, que voulez-vous que fasse une asperge?

— Je ne dis pas le contraire ; mais je constate le fait. Donc toutes les fois que tu rencontreras dans le monde une asperge blême, sèche et guindée, qui regarde les yeux baissés, et ne rit que du bout des lèvres, défie-toi du confesseur et du carême. Épouse-moi plutôt une bonne grosse citrouille fraîche et réjouie. C'est bête, c'est fade ; mais ça ne fait pas de sermons, et ça mange gras le vendredi.

Comme Cucurbitus achevait de me donner en passant ce conseil salutaire, deux nouveaux personnages entrèrent en scène, portant des torches et un corbillon.

Ils s'arrêtèrent à quelques pas de nous, et se mirent à remplir leur corbeille de jeunes sujets de l'empire, en murmurant de temps en temps :

— Celui-ci fera notre affaire ; celui-là est un peu trop fort... En voilà un qui n'a pas encore la taille...

J'avais cru d'abord qu'il s'agissait d'une exécution. Mais ces quelques lambeaux de phrases me firent supposer que j'avais devant les yeux deux capitaines de recrutement occupés à enrôler des conscrits pour voler à la défense des frontières.

— Approchons, dit Cucurbitus.

— Sire, dit Rateau, l'un des nouveaux venus, la descente au quartier des melons a été opérée. Toutes les vierges folles en ont été enlevées ; les plus saines, après visites minutieuses, ont été installées auprès d'autres laitues plus raisonnables. Les autres, malgré leur jolie mine et leurs toilettes pimpantes, nous ont paru légèrement avariées. Elles seront passées au vinaigre, si c'est le bon plaisir de Votre Majesté.

— Très-b'en, fit le roi, qu'on m'accommode proprement ces drôlesses, et croquons-les !

A dire vrai, les libertines étaient bien gentilles à croquer, et je plaignis le sort des melons à qui l'on avait enlevé d'aussi charmantes compagnes.

— Pour le moment, reprit le compagnon de Rateau, qui n'était autre que Cassarola, nous sommes occupés à recueillir les jeunes cadets de famille que ces hobereaux envoient chaque année à la cour, pour les rendre piquants, de fades qu'ils sont de leur nature.

Je regardai les personnages que Cassarola désignait sous le nom de hobereaux. C'était une assemblée de concombres.

— Très-bien, dit encore le monarque.

Puis, se tournant vers moi, il me donna l'explication suivante :

— Sous prétexte de donner à ces fils de concombres une saveur agréable et relevée, je réunis auprès de moi une quantité d'otages qui me répondent de la tranquillité de leurs familles.

—Sire, me hasardai-je à dire, on assure qu'elles font d'excellents potages.

— C'est la seule vertu qu'elles possèdent, répondit Cucurbitus. Elles sont bonnes ménagères, j'en conviens; mais alors qu'elles restent à la cuisine et ne s'avisent pas de fréquenter les courtisans.

—J'ai ouï dire aussi, repris-je, d'autant plus obstiné à relever le mérite des citrouilles, que je voyais mon auguste interlocuteur plus acharné à les déprécier; j'ai ouï dire qu'elles s'occupaient avec succès de médecine hygiénique.

— Et quand cela serait, mon fils, puisque tu t'obstines à doter d'une grande puissance médicale les individus de la famille des courges, elles ne gagneraient à cela que l'honorable position de sorcières.

Si tu tiens absolument à réclamer ce titre pour elles, je ne prétends pas le leur contester.

— Je ne tiens à rien de plus qu'à l'honneur de vous plaire, Majesté, répondis-je en m'inclinant.

— C'est ce que tu peux faire de mieux, dit le roi.

Du reste, un douloureux épisode, que Cucurbitus me fit remarquer avec un malin plaisir, diminua un peu ma sympathie pour les citrouilles.

Pour arriver jusqu'aux melons, dont elles allaient partager les plaisirs, les folles romaines étaient obligées de passer par le territoire de ces orgueilleuses matrones, qui, sans pitié pour leur faiblesse, les foulaient aux pieds et les écrasaient sous leur masse.

Beaucoup de ces jeunes imprudentes étaient étouffées vives dans les bras de leurs robustes rivales.

Beaucoup étaient traînées dans la poussière ou dans la boue, jusqu'à ce que mort s'ensuivît, par ces vindicatives créatures dont l'épaisse et béate apparence n'aurait pu faire soupçonner un tel excès de jalousie, un pareil raffinement de cruauté.

Ému jusqu'au fond de l'âme par les râles étouffés des pauvres victimes, j'allais me baisser et essayer d'en dégager quelques-unes.

Cucurbitus m'arrêta.

— Modère cet excès de sensibilité, me dit-il; pour cette fois, ton intervention ne serait pas juste.

Les matrones sont sur leur terrain.

Qu'elles en fassent à leur volonté.

Je fus obligé de céder; mais, je l'avoue, cette froide impar-

—Sire, me hasardai-je à dire, on assure qu'elles font d'excellents potages.

— C'est la seule vertu qu'elles possèdent, répondit Cucurbitus. Elles sont bonnes ménagères, j'en conviens; mais alors qu'elles restent à la cuisine et ne s'avisent pas de fréquenter les courtisans.

—J'ai ouï dire aussi, repris-je, d'autant plus obstiné à relever le mérite des citrouilles, que je voyais mon auguste interlocuteur plus acharné à les déprécier; j'ai ouï dire qu'elles s'occupaient avec succès de médecine hygiénique.

— Et quand cela serait, mon fils, puisque tu t'obstines à doter d'une grande puissance médicale les individus de la famille des courges, elles ne gagneraient à cela que l'honorable position de sorcières.

Si tu tiens absolument à réclamer ce titre pour elles, je ne prétends pas le leur contester.

— Je ne tiens à rien de plus qu'à l'honneur de vous plaire, Majesté, répondis-je en m'inclinant.

— C'est ce que tu peux faire de mieux, dit le roi.

Du reste, un douloureux épisode, que Cucurbitus me fit remarquer avec un malin plaisir, diminua un peu ma sympathie pour les citrouilles.

Pour arriver jusqu'aux melons, dont elles allaient partager les plaisirs, les folles romaines étaient obligées de passer par le territoire de ces orgueilleuses matrones, qui, sans pitié pour leur faiblesse, les foulaient aux pieds et les écrasaient sous leur masse.

Beaucoup de ces jeunes imprudentes étaient étouffées vives dans les bras de leurs robustes rivales.

Beaucoup étaient traînées dans la poussière ou dans la boue, jusqu'à ce que mort s'ensuivît, par ces vindicatives créatures dont l'épaisse et béate apparence n'aurait pu faire soupçonner un tel excès de jalousie, un pareil raffinement de cruauté.

Ému jusqu'au fond de l'âme par les râles étouffés des pauvres victimes, j'allais me baisser et essayer d'en dégager quelques-unes.

Cucurbitus m'arrêta.

— Modère cet excès de sensibilité, me dit-il ; pour cette fois, ton intervention ne serait pas juste.

Les matrones sont sur leur terrain.

Qu'elles en fassent à leur volonté.

Je fus obligé de céder ; mais, je l'avoue, cette froide impartialité me semble bien dure.

Je ne pus empêcher ma physionomie de trahir ce qui se passait au fond de mon cœur.

Le prince comprit la violence de la lutte, et il m'entraîna.

XIII

LES PARVENUS SONT PARTOUT LES MÊMES

Nous nous trouvions au milieu des potirons, gras personnages dont j'avais souvent rencontré le fac-simile dans le monde des hommes.

J'admirai à loisir les graves attitudes de ces financiers enrichis et gonflés par tous les sucs des environs que leur habileté et leurs rapines avaient su extorquer aux plantes avoisinantes.

On voyait là s'étaler ces ventres sans frein, sans taille et sans ceinture qui sont, aux yeux de tous les peuples, le symbole de

Je ne pus m'empêcher de rire de l'importance bouffonne qu'affectaient ces poitrines et ces joues boursouflées.

Ces gros satisfaits regardaient avec un souverain mépris les choux, les pommes de terre et les autres légumes d'une condition plus humble qui vivaient dans leur voisinage. En revanche, ils étaient rampants et obséquieux envers les melons grands seigneurs, qui les comblaient d'avanies tout en courtisant leurs femmes et en leur empruntant leurs richesses.

— Voilà, me dit Cucurbitus, voilà les maris trompés et bien dignes de l'être de tes chères citrouilles. C'est à tort que les crayons de vos caricaturistes, acharnés à ridiculiser le cantaloup, et à le faire passer pour un imbécile aux yeux des hommes sans jugement, l'ont représenté soit pêchant à la ligne, soit en bon mari bourgeois, donnant le bras à sa massive épouse, et s'en allant en partie fine à la campagne, le dimanche matin, après avoir fermé sa boutique. Le melon fait la cour à la femelle du potiron, quand il y trouve quelque avantage ; mais il ne lui donne pas le bras en public, dans la crainte de se ridiculiser aux yeux de ses amis.

— Par ma foi ! m'écriai-je tout à coup, voici un rapprochement bizarre !

— De quoi t'étonnes-tu, mon fils ? me demanda Cucurbitus.

— Regardez, seigneur, et dites-moi ce que peut faire cette asperge plantée comme une baguette de fusil à côté de ce potiron.

BOURGEOIS DE PARIS

en partie fine.

LES EXTRÈMES SE TOUCHENT

— Cette asperge est sa femme, dit Cucurbitus. Beaucoup de potirons ont été ainsi chercher des épouses parmi cette race de sveltes viragos, au lieu de se conjoindre avec les femelles que leur indiquaient la nature et la symétrie. J'ai même reconnu que c'étaient les plus gras et les plus aplatis qui se livraient de préférence à ces amours disproportionnées.

— Bah !

— Tu t'émerveilles de rien. N'as-tu pas remarqué que, dans votre monde, les petits hommes s'allient volontiers aux grandes femmes, et que les plus hautes femelles choisissent de préférence des avortons?

— En effet, j'ai souvent rencontré des couples de cette nature (c'est probablement ce qui a fait naître ce dicton : Les extrêmes se touchent).

— Alors pourquoi veux-tu que la loi des contrastes n'existe pas aussi bien dans la race légumineuse que parmi l'espèce humaine?

— Sire, je suis un sot.

— Mon fils, c'est toi qui l'as dit. — Du reste, plains ce potiron !

— Sire, je le plains, puisque tel est votre bon plaisir. Mais puis-je savoir de quoi il faut que je le plaigne?

— Apprends-le en trois mots : L'asperge est dévote.

— En vérité?

— Oui, mon ami. A la disgrâce de sa taille, à la sécheresse de ses traits, à la roideur de son maintien, l'asperge unit généralement le fléau de la bigoterie.

— Hélas! mon roi, que voulez-vous que fasse une asperge?

— Je ne dis pas le contraire ; mais je constate le fait. Donc toutes les fois que tu rencontreras dans le monde une asperge blême, sèche et guindée, qui regarde les yeux baissés, et ne rit que du bout des lèvres, défie-toi du confesseur et du carême. Épouse-moi plutôt une bonne grosse citrouille fraîche et réjouie. C'est bête, c'est fade ; mais ça ne fait pas de sermons, et ça mange gras le vendredi.

Comme Cucurbitus achevait de me donner en passant ce conseil salutaire, deux nouveaux personnages entrèrent en scène, portant des torches et un corbillon.

Ils s'arrêtèrent à quelques pas de nous, et se mirent à remplir leur corbeille de jeunes sujets de l'empire, en murmurant de temps en temps :

— Celui-ci fera notre affaire ; celui-là est un peu trop fort... En voilà un qui n'a pas encore la taille...

J'avais cru d'abord qu'il s'agissait d'une exécution. Mais ces quelques lambeaux de phrases me firent supposer que j'avais devant les yeux deux capitaines de recrutement occupés à enrôler des conscrits pour voler à la défense des frontières.

— Approchons, dit Cucurbitus.

— Sire, dit Rateau, l'un des nouveaux venus, la descente au quartier des melons a été opérée. Toutes les vierges folles en ont été enlevées ; les plus saines, après visites minutieuses, ont été installées auprès d'autres laitues plus raisonnables. Les autres, malgré leur jolie mine et leurs toilettes pimpantes, nous ont paru légèrement avariées. Elles seront passées au vinaigre, si c'est le bon plaisir de Votre Majesté.

— Très-b'en, fit le roi, qu'on m'accommode proprement ces drôlesses, et croquons-les !

A dire vrai, les libertines étaient bien gentilles à croquer, et je plaignis le sort des melons à qui l'on avait enlevé d'aussi charmantes compagnes.

— Pour le moment, reprit le compagnon de Rateau, qui n'était autre que Cassarola, nous sommes occupés à recueillir les jeunes cadets de famille que ces hobereaux envoient chaque année à la cour, pour les rendre piquants, de fades qu'ils sont de leur nature.

Je regardai les personnages que Cassarola désignait sous le nom de hobereaux. C'était une assemblée de concombres.

— Très-bien, dit encore le monarque.

Puis, se tournant vers moi, il me donna l'explication suivante :

— Sous prétexte de donner à ces fils de concombres une saveur agréable et relevée, je réunis auprès de moi une quantité d'otages qui me répondent de la tranquillité de leurs familles.

Du reste, je puis te le dire, puisque tu dois transmettre toutes ces choses à la postérité. Ces pauvres nobles de village sont aveuglés par la vanité, en envoyant leurs fils acquérir à la cour des qualités factices, sous la direction de Cassarola, qui cumule avec ses autres fonctions celles de grand-maréchal du palais. Ils ne s'aperçoivent pas, les idiots, qu'ils livrent leurs enfants à une dure captivité ; que le grand air des champs paternels est remplacé, pour ces malheureux, par la saumure d'un véritable bocal. Ils ne s'aperçoivent pas, enfin, qu'ils font de leurs jouvenceaux un peu niais, il est vrai, et sans saveur, mais robustes et pleins de vie, de véritables cornichons qui, perdant toute valeur originelle, ne pourront plus servir désormais que comme comparses et condiments.

> Concombre jeune encor, captif sous un bouchon,
> Et que vulgairement on nomme cornichon.

Ainsi que l'a si bien dit le poëte.

— Mais, sire, ne pourriez-vous changer cette coutume?

— Et la raison d'État, jeune homme; la raison d'État! reprit solennellement ce grand politique ; que ferait, s'il vous plaît, toute cette jeunesse turbulente, si je la laissais vaguer en liberté? Ces concombres sont si productifs, ces hobereaux-là sont si peu prévoyants, que leurs descendants ruineraient facilement leurs familles et leurs provinces si je n'étais là pour y mettre ordre.

XIV

Métamorphose des ordres mendiants

Cucurbitus m'ayant quitté après ces intéressantes excursions, je revins à mes manuscrits, et je repris mon travail de classement et de traduction.

Voici ce que je trouvai dans cette partie des mémoires du fondateur de l'empire des légumes :

« Une des plus singulières transformations qui s'opéra dans les rangs de mes sujets, fut celle d'une espèce de mendiants secs de corps, agrestes d'allure, que je rencontrai souvent sur les bords des chemins de France.

Ces êtres épineux me harcelaient de demandes, s'accrochaient sans cesse à mes habits et m'en dérobaient souvent des lambeaux, tout à fait contre mon gré.

Je n'y avais pas fait grande attention d'abord, bien que leurs hordes se trouvassent répandues partout, et qu'elles parussent se reproduire sous mes pas.

Ces individus me semblaient cauteleux, sans saveur, malpropres, toujours couverts de poussière et de vermine; leurs habits en haillons montraient un corps sans chair et sans suc.

J'avais remarqué cependant que, lorsqu'ils s'emparaient d'une terre, d'un champ ou d'un pré, ils s'y propageaient si rapidement, qu'on avait des peines infinies à les en extirper.

Ces espèces de vagabonds semblaient n'avoir qu'une passion : celle de se reproduire, s'occupant, du reste, fort peu de l'avenir de leurs descendants, qu'ils semaient à la volée et abandonnaient pour ainsi dire au souffle du vent, munis qu'ils étaient de plumes et d'ailes factices, qui les aidaient à envahir plus facilement les contrées lointaines où ils devaient continuer la propagande de leurs pères.

Cette engeance me faisait l'effet de ces moines du moyen âge qui se multipliaient sans cesse, glorifiant la saleté et la paresse, et tourmentant les travailleurs pour en obtenir, de gré ou de force, la dîme des vendanges et des moissons, ne dédaignant pas même, quand la faim les poussait ou que l'aumône ne donnait pas, de s'embusquer dans les chemins pour dépouiller les voyageurs d'une partie de leur toison.

Aussi, le menu populaire des légumes maudissait-il les chardons, — c'est le nom de cette malfaisante espèce, — autant que les populations du moyen âge maudissaient ces affreux capucins gourmands, mendiants, voleurs et crasseux, dont la longue barbe inculte a donné son nom à une salade amère qui pullule comme eux dans l'humidité et dans les ténèbres.

Lorsque ma vie errante me conduisit en Espagne, j'y retrouvai ces vilains êtres, plus nombreux et plus florissants que jamais.

Seulement je vis, dans certains terrains du royaume de Léon, ces misérables va-nu-pieds, que j'avais dédaignés sur les routes de France, se prélasser avec plus d'aplomb, affecter plus de gravité et plus de morgue.

Je constatai que leurs membres étaient plus vigoureux, et leurs joues plus largement barbouillées de cette fleur de lie de vin, qui s'épanouissait aussi sur la face de leurs frères des autres pays.

Je m'approchai d'eux et entrai en conversation.

La tendance de leur esprit les faisait paraître mystiques et dissimulés, mais leur langage, un peu rude et sauvage, ne manquait pas d'à-propos ni d'élégance.

En les examinant de plus près, je vis que, dans leurs cos-
tumes, ils affectaient l'originalité et un certain goût de l'antique
qui ne me déplut nullement.

Leurs vêtements frisaient la forme de l'acanthe qui ornait la
colonne corinthienne, et de l'aloës, dont le mystérieux travail
interne se faisait sur les marches du temple d'Isis.

Bien que j'eusse une idée peu avantageuse de leurs mœurs
et de leur piété, et que je connusse parfaitement leur avidité,
leur fourberie et leur goût très-prononcé pour les débauches
secrètes, je résolus pourtant de m'attacher ces emphatiques personnages, afin qu'ils m'aidassent à maintenir mes populations
dans cette crasse ignorance qui fait le bonheur des peuples et
la sécurité des rois.

Ils entrèrent parfaitement dans mes vues et s'engagèrent à user
de leur influence pour affermir mon pouvoir, à la condition que
je leur accorderais des priviléges égaux à ceux de ma noblesse,
et que je fermerais les yeux sur leurs pieuses exactions.

J'y consentis à regret, sans aucun doute, car je ne suis pas,
quoi qu'on en puisse dire, sans avoir des entrailles de père pour
mes sujets; et puis, il me répugnait singulièrement d'être obligé
de partager avec des particuliers aussi goulus les dépouilles
des contribuables.

Mais, enfin, j'y consentis.

Nous fîmes un traité mystérieux, dont je ne juge pas utile de reproduire le texte, qui doit rester à jamais enfoui dans nos archives.

Si mon peuple le connaissait jamais, il serait capable de ne pas bénir ma mémoire, et, comme tant de rois réputés grands dans l'histoire, parce qu'on ne connaît qu'imparfaitement leurs secrètes exactions, je tiens à laisser un renom agréable dans la postérité des légumes.

Mais revenons à ces dévots personnages.

Une fois que je les eus installés dans mon empire, je songeai à leur donner une tenue complétement digne de leur mission.

J'allongeai leurs habits; j'en améliorai l'étoffe; je donnai de l'ampleur à toute leur personne.

Eux-mêmes, abandonnant tout à fait leurs habitudes de vagabonds, prirent un maintien digne et onctueux, choisissant des couleurs sombres pour indiquer la disposition sérieuse de leur esprit, et massèrent leurs membres de manière à donner une apparence complétement respectable au corps échevelé et déguenillé qu'ils avaient auparavant.

Enfin, de peur qu'ils ne fussent tentés de retourner à leur première vie, je leur retranchai complétement la possibilité de se reproduire par leurs graines.

C'est ainsi que de ces chardons coureurs, pillards et indisci-

plinés, j'obtins les cardons et les artichauts, deux espèces cléricales qui font honneur à l'Église des herbipèdes. »

Cette fois je n'eus pas à me déranger beaucoup pour vérifier
les qualités de la caste dont me parlaient les commentaires.

En revenant du pays des potirons, je m'étais assis sur un
seau renversé, qui se trouvait précisément placé sur les frontières du département des cardons et des artichauts.

J'entrai donc de plain-pied sur leur terrain pour les examiner
de plus près.

XV

LE RÉVÉREND PÈRE BARIGOULE

Je ne sais si d'abord ma présence leur déplut ou les inquiéta, mais ils me parurent de mauvaise humeur, affectant un air roide et guindé, et ne répondant à mes avances que par de sourds monosyllabes, comme le père Fredon aux gais propos de Panurge.

Ceux qui portaient des goupillons ne songèrent nullement à les incliner pour me bénir; les artichauts boudaient ou sommeillaient dans leurs stalles, simulant assez bien une assemblée de chanoines délibérant après dîner; et les hauts cardons, debout comme des sentinelles ou des chantres au lutrin, n'assouplirent nullement leurs côtes pour me souhaiter la bienvenue.

plinés, j'obtins les cardons et les artichauts, deux espèces cléricales qui font honneur à l'Église des herbipèdes. »

Cette fois je n'eus pas à me déranger beaucoup pour vérifier
les qualités de la caste dont me parlaient les commentaires.

En revenant du pays des potirons, je m'étais assis sur un
seau renversé, qui se trouvait précisément placé sur les frontières du département des cardons et des artichauts.

J'entrai donc de plain-pied sur leur terrain pour les examiner
de plus près.

XV

LE RÉVÉREND PÈRE BARIGOULE

Je ne sais si d'abord ma présence leur déplut ou les inquiéta, mais ils me parurent de mauvaise humeur, affectant un air roide et guindé, et ne répondant à mes avances que par de sourds monosyllabes, comme le père Fredon aux gais propos de Panurge.

Ceux qui portaient des goupillons ne songèrent nullement à les incliner pour me bénir; les artichauts boudaient ou sommeillaient dans leurs stalles, simulant assez bien une assemblée de chanoines délibérant après dîner; et les hauts cardons, debout comme des sentinelles ou des chantres au lutrin, n'assouplirent nullement leurs côtes pour me souhaiter la bienvenue.

Par un reste d'habitude cependant, plusieurs de ces anciens moines mendiants palpèrent mes habits et mes poches, et me froissèrent légèrement au passage.

En me dégageant, je sentis qu'ils laissaient à mes mains et à mes hardes une forte odeur, un arome plus vigoureux que raffiné, tel qu'il en reste toujours aux murs des sacristies, un mélange amer d'encens, de bitume et de cire sauvage.

Leurs vêtements, ainsi que Cucurbitus l'avait remarqué auprès de certains ermites des sierras de Castille et de Léon, avaient un air antique et sacerdotal. Lourds, empesés, sans plis, ils étaient échancrés curieusement, en forme de feuilles sacrées, tenant à la fois de l'ellébore, de l'asphodèle et de l'acanthe, rappelant aussi les fantaisies pittoresques des vitraux et des clochetons gothiques.

Outre les chanoines, je veux dire les artichauts qui sommeillaient, un certain nombre d'entre eux étaient occupés à des conversations mystérieuses avec des asperges, qui les écoutaient d'un air contrit.

Il y en avait même qui suscitaient des insurrections sous le prétexte que, depuis trop longtemps, on les mangeait aux mêmes sauces. — Il est temps de mettre les pieds dans le plat! s'écriaient-ils.

Car il faut noter que la caste sacerdotale se trouvait contiguë sur toute sa longueur à une pleuplade d'asperges.

Me rappelant ce que Cucurbitus m'avait dit des mœurs dévotes de ces dernières, je ne fus pas surpris de l'emplacement qu'avaient choisi les pères artichauts et les frères cardons.

Ils voulaient être chaque jour à portée de prodiguer des instructions salutaires à leurs ouailles les plus dociles et les plus ferventes. Cette préférence était bien naturelle. Honni soit qui mal y pense !

Au risque de troubler ces colloques intimes, je m'approchai de ces groupes ; et avisant un artichaut des plus gros et des plus dodus, en train de catéchiser une asperge sur le retour, mais encore fort appétissante, je lui adressai la parole en ces termes :

— Excusez mon indiscrétion, révérend père artichaut !...

— Mon fils, interrompit le grave personnage, permettez-moi de vous donner ce nom, quoique je voie bien, à la faveur dont vous semblez jouir auprès de notre sublime monarque, que vous êtes un des grands de ce royaume ; mon fils, que souhaitez-vous de moi ?

— Nulle autre grâce, père artichaut, que celle d'assister à votre entretien avec cette jeune et charmante asperge.

Ce compliment, un peu exagéré, me sembla chatouiller agréablement le cœur de la dévote, qui inclina doucement la tête pour me remercier. La piété n'empêche pas un peu de coquetterie, et les asperges aiment qu'on les trouve belles, presque autant que les romaines. Ce leur est une occasion de plus de mortifier leur chair.

— D'abord, mon fils, dit le révérend, ne m'appelez pas père artichaut. En entrant dans l'ordre pieux dont je fais partie, j'ai renoncé, ainsi que mes frères, à mes titres de famille.

— Comment donc vous appellerai-je?

— Appelez-moi père Barigoule! car c'est le nom que j'ai adopté pour avoir toujours présent à la mémoire la fin qui est réservée aux artichauts de ce bas monde.

— Père Barigoule, vous avez eu là une idée aussi sage que peu consolante.

— Mon fils, ne sommes-nous pas tous mortels?

— C'est juste, père Barigoule. Mais, de grâce, satisfaites ma curiosité! Tel que vous me voyez, je suis chargé d'étudier les mœurs et les coutumes de cet empire, et je ne serais pas fâché de savoir ce que peut avoir à dire un saint et pieux artichaut comme vous à une aimab'e asperge comme madame.

La dévote s'inclina encore.

— Avouez, me dit l'artichaut, que cette curiosité ne vous est pas seulement inspirée par le sentiment de vos devoirs et l'amour de la science, mais par un malin et coupable désir de trouver en délit de péché un des membres les plus considérables de la caste sacerdotale des légumes.

— Que voulez-vous dire, mon père? m'écriai-je en affectant une simplicité qui était loin de mon cœur.

— Bon, me dit-il, vous n'êtes pas si niais que vous en avez l'air. Vous aurez écouté les calomnies des jeunes cantaloups écervelés, et les grossières plaisanteries qui circulent dans les corps de garde des ails, au sujet de nos mœurs. N'en croyez rien, mon fils; dans nos rapports avec les asperges, nous n'avons en but que leur salut et celui de leur famille. Celle-ci, respectable veuve, dont le mari est tombé naguère sous le fer de Cassarola, venait me demander des consolations seulement spirituelles, et me consulter sur l'avenir d'un fils unique, sa plus chère espérance. Si nous nous sommes tenus à l'écart, c'est afin de pouvoir converser plus mûrement sur d'aussi graves sujets.

La dévote jeta sur père Barigoule un regard sournois qui voulait dire :

— Vous venez de nous tirer d'un fâcheux embarras.

— Allez, ma fille, reprit le bon père; acceptez vos douleurs comme une pénitence, et quant à votre fils, ne vous inquiétez pas de sa destinée. Je me charge de son instruction et le reçois à notre école. Envoyez-le chaque matin dans la classe où les frères cardons élèvent sous nos yeux les rejetons que nous confient les familles croyantes. Je vous donne, pour vous et pour lui, ma bénédiction.

Ayant ainsi parlé et congédié sa béate visiteuse, le père Barigoule tourna sur moi un de ces regards à la fois fins et profonds qui n'appartiennent qu'à l'institution des artichauts, et me dit :

— A l'avenir, mon fils, défiez-vous des jugements téméraires !

Puis il me fit un signe de tête qui signifiait évidemment :

— Mon cher ami, faites-moi le plaisir de me laisser tranquille !

Bien que le sans-façon de ce procédé me choquât légèrement, je compris qu'il fallait pardonner quelque impertinence
à la morgue sacerdotale appuyée par la faveur du monarque,
et je me retirai avec une discrétion qui dut me replacer un peu
dans les bonnes grâces du père Barigoule.

XVI

PROPOSITiONS DÉSHONNÊTES

. Comme je traversais le territoire sacré pour regagner le sentier, je fus arrêté par une députation de ces vénérables pères qui m'attendait sur la limite de leurs possessions.

— Seigneur, me dit le plus âgé portant la parole au nom des autres, daignez vous arrêter un instant pour écouter notre supplique.

— Révérend père, lui répondis-je, je m'arrêterai aussi longtemps que vous le voudrez; mais de quoi s'agit-il?

— D'une humble pétition que nous voulons vous prier de remettre de notre part au grand Cucurbitus, illustre étranger.

— Comment donc, avec plaisir !

— Et nous osons espérer en même temps que vous voudrez bien appuyer notre juste demande auprès de ce remarquable monarque.

— Mon père, vous vous abusez sur mon crédit.

— Nous ne nous abusons jamais, généreux inconnu.

Nous avons vu la précieuse manière dont l'empereur vous a donné des pichenettes sur le nez, et nous pouvons vous prédire une haute fortune.

Il est évident que vous allez devenir favori et premier ministre.

Si vous voulez vous entendre avec nous et gouverner d'après nos conseils, jamais puissance n'aura égalé la vôtre.

Après tout, l'incomparable Cucurbitus n'est qu'un imbécile de roi qu'on peut mener par le bout du nez en flattant son amour-propre, et qui sait si, avec notre appui, vous ne pourriez pas parvenir à le détrôner par la suite et à régner à sa place sur ce vaste empire?

J'étais révolté de cette ingratitude.

Vous avouerez qu'il y avait bien de quoi.

— Mais, me dis-je, ils sont tous comme cela.

Ce doit être de ces révérends artichauts et de ces bons frères cardons que la Fontaine a voulu dire dans une de ses fables :

> Laissez-leur prendre un pied chez vous,
> Ils en auront bientôt pris quatre.

Si le bonhomme a appliqué ces deux vers aux aventuriers en robe courte qui rivalisaient, pour tondre le pauvre peuple, avec les robes longues de son temps, c'est qu'il avait peur, sans doute, d'être excommunié par ces dernières.

Quant à moi, je me comportai à l'égard de ces théologiens herbipèdes avec ma circonspection accoutumée.

Ne voulant pas me rendre hostile une caste aussi puissante, je dissimulai adroitement mon indignation.

— Bons pères, leur dis-je, nous reparlerons de cela plus tard.

Je ne dis pas oui, je ne dis pas non.

Pour le moment, remettez-moi votre supplique ; je la déposerai moi-même au pied du trône et je l'appuierai de tout mon faible pouvoir.

— Prenez connaissance de notre demande, gracieux seigneur,

et vous verrez qu'elle est basée sur la modération, la justice et la vertu.

— Je vous le promets, mes pères.

Ils me tendirent une feuille d'artichaut que je m'empressai de recueillir, et je les quittai, bien décidé à réprimer, par tous les moyens possibles, l'ambition de cette caste mielleuse et hypocrite, si jamais j'arrivais au pouvoir.

XVII

LE DOCTEUR FUMAROL

.

.

Cette feuille d'artichaut que m'avait remise la députation théocratique, était macérée, durcie et couverte, à son verso, de stries assez irrégulièrement formées.

´ J'avais promis aux pétitionnaires de prendre connaissance de leur supplique , et, bien qu'ils m'eussent paru d'assez mauvais chenapans, je jugeai convenable, par respect pour moi-même, de ne pas leur manquer de parole.

D'ailleurs, j'étais curieux de connaître le style de ces caute-

Mais je n'étais pas encore assez avancé pour traduire couramment ces arabesques végétales, et je ne voulais pas avouer mon ignorance à des gens qui venaient de me proposer la puissance suprême.

En ce moment, j'aperçus le docteur Fumarol, qui se dirigeait de mon côté.

Le docteur **Fumarol** est l'homme au plantoir, le ministre de l'instruction publique dont j'ai omis plus haut de dire le nom, par l'excellente raison que je ne le savais pas encore.

Ce haut dignitaire faisait une inspection universitaire, et l'accomplissement de ce grave devoir l'amenait à ma portée fort à point pour me tirer d'embarras.

— Vous avez là, seigneur Fumarol, lui dis-je pour entrer en conversation, des gaillards robustes qui demandent peu de soins, à coup sûr.

C'était justement des artichauts et des cardons que je parlais.

J'étais bien aise de savoir jusqu'à quel point ces maîtres fourbes avaient le droit de conspirer contre leur maître

— Que dites-vous là, jeune étranger? répondit Son Excellence; peu de soins!

— Ce sont les plus délicats mangeurs de la bande, malgré leur rigidité apparente; et la force musculaire de leurs membres ne les empêche pas d'être les plus frileux et les plus douillets des nombreux sujets de l'empereur mon maître.

En prononçant le nom de l'empereur, le ministre de l'instruction publique éternua bruyamment.

Je sus, depuis, que cet acte respectueux équivalait à la génuflexion dont les satrapes accompagnaient le nom d'Artaxercès.

Fumarol reprit :

— Oui, jeune homme, les artichauts et les cardons sont gourmands, frileux, sensuels.

Ce qu'il y a de plus gras et de plus fin en nourriture, c'est à eux qu'on l'apporte ; et, quand vient le mois de septembre, mon honorable collègue Rateau leur prépare d'épaisses chancelières avec les feuilles des ormes géants que vous entendez bruire dans le lointain.

— J'ai vu, lui dis-je, dans les œuvres du grand Cucurbitus...

Fumarol éternua.

— Que, pour retenir cette espèce théocratique dans le recueillement et l'empêcher d'essaimer au loin, il les prive de la faculté de mûrir leurs graines.

Je vous demanderai donc, seigneur Fumarol, comme jadis en l'île Somrante demanda Panurge à Éditue :

« *Je vouldrays bien entendre doud vous naissent ces cler-*
gaux. »

— Mystérieusement, reprit le ministre, et quasi sortant de
terre.

Voyez, aux pieds des adultes, ces jeunes rejetons qui verdis-
sent doucement et semblent décemment sortir du fémur, manière de procréer inventée par Jupiter.

Ils croissent ainsi sous leur aile, sans qu'on s'inquiète trop
d'où ils viennent, et passent volontiers pour leurs filleuls ou
leurs neveux.

Quand vous m'avez rencontré, je venais m'assurer de mes
yeux si leurs précepteurs exécutaient le programme universitaire que je leur ai imposé.

Je saisis ce moment pour mettre sous le nez du savant docteur Fumarol la pétition des artichauts.

Ce ministre complaisant s'empressa de m'en donner la traduction suivante :

« Sire, un scandale inouï a affligé le cloître où les plus
» éminents, les plus dignes de vos sujets passent leur vie en
» méditations.

» Hier, au moment où le soleil disparaissait dans les abîmes
» de l'occident, des monstres velus et barbus ont envahi nos

» demeures ; ils ont foulé aux pieds les novices qui grandissent
» auprès de nous dans la crainte du ciel ; ils ont fait retentir à
» nos chastes oreilles des chants obscènes et des hurlements
» d'orgie ; ils se sont vautrés sur nos tables et nos tapis de
» bruyères ; ils se sont tordus à nos yeux dans des embrasse-
» ments libertins, et se sont livrés, au mépris de nos saintes
» défenses, à des étreintes criminelles.

» D'où venaient ces barbares, sire ?

» N'avaient-ils pas déjà scandalisé, par de pareils désordres,
» d'autres parties de votre empire, et n'ont-ils pas continué à
» porter, malgré vous, la terreur et la profanation ?

» Il n'en faut pas douter : c'est là un châtiment du ciel pour
» la parcimonie avec laquelle vous répandez vos faveurs et vos
» dons sur les castes théocratiques du puissant empire des lé-
» gumes.

» Si vous n'ouvrez vos yeux et vos trésors après un tel aver-
» tissement, vous verrez se multiplier, sire, sur vous et vos
» sujets, les fléaux de la vengeance céleste, et nos efforts ne
» pourraient désormais parvenir à les détourner. »

Cette singulière pièce était signée des noms de plusieurs des
éminences du parti, avec cette qualification préliminaire : les
plus humbles, les plus pauvres, les plus sobres de vos sujets,
et les serviteurs des serviteurs d'autrui.

— Bien touché ! m'écriai-je ; les révérends n'abandonnent pas leurs petits intérêts mondains au milieu des calamités publiques.

Mais de quoi donc ont-ils à se plaindre, et quels sont ces monstres velus et barbus qui leur jouent de si vilains tours ?

— Ce sont les chats du voisinage, dit le docteur.

— Des chats ?

— Il paraît qu'hier ces quadrudèdes avaient choisi ce coin de terre pour y faire leur sabbat.

— Ce doit être une scène assez fréquente et difficile à éviter.

— Sans doute ! mais que voulez-vous ? ces gens-là sont toujours à se plaindre.

Ils saisissent toutes les occasions possibles pour réclamer des augmentations de solde, de priviléges et de bénéfices.

Mon noble maître Cucurbitus, — Fumarol éternua de nouveau, — a peut-être donné à ces derviches fainéants une trop grande importance.

Ils ne servent assurément pas en proportion de ce qu'ils coûtent.

— Mais, lui dis-je, vos peuples cependant doivent être religieux.

— Sans doute ; mais, à part un petit nombre de races, telles que les asperges, les cynares, etc., qui sont dociles à la loi des artichauts et des cardons, chaque peuplade, et même je pourrais dire chaque famille, a ses idées et ses principes particuliers pour ce qui regarde les choses religieuses.

Les cultes, que nous appelons ici les cultures, varient à l'infini.

Mais un seul point, et c'est le point essentiel, réunit toutes les espèces ; c'est que toutes adorent le soleil, qu'elles viennent du nord ou du midi ; de l'Arabie brûlée ou de la verte Érin ; des montagnes ou des plaines ; des régions polaires ou des zones tropicales. La chaleur et surtout la lumière de cet astre reçoivent l'hommage passionné de toutes ces existences verdoyantes.

Ces êtres, assez souvent ingrats envers leurs gouvernants, sentent très-bien qu'ils tiennent tout du soleil.

Ils le comprennent tellement, que, si on les éloignait de la vue de leur Dieu, ils périraient de langueur et de consomption.

— Et quelle idée se font-ils de la vie future ?

— Hélas ! répondit Fumarol, leurs croyances sont bien peu avancées sur ce point ; je rougis presque de vous avouer que la plupart des légumes en sont encore au matérialisme le plus complet.

A part leur adoration pour le soleil, qui teint leurs habits, colore leurs joues, active en eux la circulation de la vie, et gonfle leur cœur de joie et de santé, ils ne s'occupent nulle-ment de l'âme et de la vie future.

Pourtant, une croyance qui leur est commune est celle de la transmutation perpétuelle des corps; ils sont persuadés que les restes et les détritus des trépassés reconstituent à l'instant la vie sous des formes nouvelles; aussi nous pressent-ils constam-ment de leur fournir des débris et des sécrétions pour continuer les expériences de ce genre, auxquelles ils se livrent presque exclusivement.

Je remerciai le docteur Fumarol, qui me quitta pour aller continuer son inspection.

XVIII

UN COUVENT DE NONNETTES

En discourant ainsi, nous étions arrivés près du carré habité par les asperges, sur les confins du territoire des artichauts.

Tandis que le docteur procédait à l'inspection qui l'amenait dans ces contrées, je voulus observer de près les discrètes et pieuses voisines du cénacle théocratique.

Dans leur costume uniforme et guindé, dans la modestie un peu affectée de leur maintien, je reconnus bientôt que l'influence cléricale avait présidé à l'organisation de ces douces et nonchalantes existences.

Une foule de jeunes asperges, symétriquement rangées dans

leurs sillons sous les yeux de quelques graves matrones, semblaient livrées uniquement à de pieuses méditations. De temps
en temps, à un signal invisible, toutes ces têtes s'inclinaient
d'une manière presque imperceptible, avec un ensemble et une
précision admirables ; et la brise, qui caressait leurs tiges un
peu roides, apportait à mon oreille des sons monotones, qui
ressemblaient à la musique des cantiques sacrés.

Quand ces vagues mélodies arrivaient jusqu'à l'habitation
des bons pères, les cardons les accompagnaient en sourdine
avec leur voix de basse, et les artichauts balançaient la tête en
marquant la mesure avec une visible satisfaction.

Je contemplais ce spectacle en silence, et, sans oser faire un
pas pour pénétrer dans l'asile de ces dévotes créatures, je de-
meurais cloué par une discrétion involontaire sur la bordure
d'oseille qui entourait leur demeure, lorsque Fumarol vint me
rejoindre :

— Ah ! dit-il, vous regardez mes nonnettes ?

— Quoi ! m'écriai-je, cette habitation...?

— Est un couvent.

— Pourtant j'ai fait tout à l'heure la connaissance d'une
veuve fort intéressante, ma foi, qui causait avec le père Barigoule.

— Cette veuve était, sans doute, venue se retirer ici après
son accident ; car nos nonnes prennent des pensionnaires,
pourvu qu'elles soient de leur race, répondit le docteur.

— Alors, je m'explique cette régularité sévère dont je cherchais le but et la raison. Et y a-t-il beaucoup d'asperges qui se décident ainsi à passer leur vie dans un cloître?

— Presque toutes, répondit Fumarol. Les asperges ont une tendance à l'ascétisme : et, quand leurs parents ne contrarient par leur émulation, ce qui, du reste, est fort rare, elles se font tondre de bonne heure, pour ne plus paraître dans le monde.

— Et le gouvernement souffre cela?

— Il faut bien souffrir ce qu'on ne peut empêcher, reprit Fumarol, qui, ainsi qu'on a pu s'en apercevoir, était un peu voltairien de sa nature. Et puis, continua-t-il, ce sont de bonnes petites nonnes, qui se livrent à la fabrication des douceurs ; elles produisent d'excellents petits plats hygiéniques et des sirops spéciaux aux poitrines délicates, vulgairement nommés sirops de pointes d'asperges. Le seigneur Cassarola en tire un assez fort bénéfice ; car, qu'ils soient cloîtrés ou non, nous ne souffrons pas d'êtres inutiles ni de paresseux dans l'empire. Du reste, si elles craignent le monde, ce n'est point par défaut de beauté ; elles ne se font point tondre non plus par la raison qui engageait le renard à queue cassée à mépriser cet ornement. Tout au contraire, si quelques-unes restent dans la société, on les voit se revêtir d'une chevelure plantureuse, riche et puissante, retombant gracieusement à l'anglaise ou à la Ninon ; elles ont même l'habitude d'ajouter à cette parure naturelle un semis très-original de baies rouges ou grains de corail, qui les fait lutter avantageusement, à leur automne, avec de jeunes fleurs qui ont la beauté pour profession.

— Par ma foi, illustre docteur, m'écriai-je, après l'avoir remercié comme la politesse l'exigeait, vous me réconciliez presque avec les nonnes ! Pourtant, j'avoue que, si jamais je me trouve à la tête d'un empire, je limiterai autant que possible le nombre de ce genre d'établissements.

— Et vous ferez bigrement bien ! dit Fumarol.

Puis le savant docteur s'éloigna en me saluant avec toute la grâce dont un ministre de l'instruction publique peut être susceptible.

XIX

Nécessité du mot de passe quand on longe un corps de garde

En prenant congé de Fumarol, le pied me glissa, et je faillis tomber sur des milliers de piques, de lances et de baïonnettes qui brillaient à mes pieds.

Malgré la petite taille des soldats qui portaient ces armes acérées, leur nombre me fit frémir.

Le docteur, qui s'était retourné au bruit de mon accident, revint à moi et me dit gravement :

— Je vois que l'on ne vous a pas donné le mot d'ordre ; le voici : *L'œil ouvert et pas de faux pas !*

Après quoi, il continua sa route.

Quand je fus seul, je me mis à considérer les guerriers qui m'avaient tendu ce piége.

Ils formaient une ligne de neuf ou dix rangs de profondeur qui s'étendaient sur un espace de vingt coudées pour le moins.

Ils gardaient leur rang avec un calme et un ordre dignes d'admiration; de temps en temps, quelques-uns d'entre eux sortaient des lignes, plus brillants ou mieux ornés que les autres.

On eût dit une revue, ou, tout au moins, une armée à l'exercice.

— Voyons, pensai-je, Cucurbitus a dû parler tout au long de la milice de son empire; je ne peux pas être mieux qu'ici pour m'occuper de cette partie de son ouvrage.

Or, voici ce que je lus :

« Lorsque j'étais dans la société des hommes, une chose m'avait toujours frappé singulièrement : c'est que les guerriers portaient généralement des ognons à leurs pieds, des poireaux sur leurs mains ou sur leur nez, et de l'essence d'ail dans leur gosier.

» Je crus longtemps que ces ornements étaient de pures fantaisie et que les types n'en existaient pas dans le reste de la nature.

» Combien je m'abusais ! Ces signes de la valeur militaire,

je les retrouvai d'abord dans les champs de France, sous le nom d'*aulx de loup*; puis, dans les plaines d'Ascalon, sous le titre d'*ascalote* ou *échalotte*, le *cœpa ascalonica* des Latins; en Égypte, ils avaient fourni une carrière moitié sacrée, moitié profane; tantôt dieux, tantôt titans, sous le nom d'*ognons*; enfin, dans la grande Syrte, cette même race assassinait les mouches sous le pseudonyme de *cœpula*, dont nous avons fait *ciboule*.

» Je vis à l'instant le parti que j'en pourrais tirer.

» J'éprouvai que, à l'instar de messieurs les militaires, ces vigoureux gaillards sautaient crànement dans les tranchées; qu'ils s'attaquaient, dans les discordes intestines, à ces parasites rampants et insinuants que l'on nomme les vers; qu'ils revenaient souvent à la chargé avec aigreur et tenacité quand on les croyait déjà fort loin dans l'intérieur.

» Je sentis, en outre, que, sous leurs brillants uniformes, ils exhalaient de fortes senteurs plus que viriles.

» En conséquence, je les destinai tout de suite à former les troupes de ligne, les gardes civiques et les gens du guet de mon empire.

» Dès que je les eus **transportés** dans mon vallon du boulevard Noir, je les disposai autour des cités paisibles et des populations craintives, pour les protéger.

» Autour des frêles asperges, je mis le royal-poireau; je

disposai un bataillon de premier échalottes sur la limite orientale
du pays des pois chiches ; l'ail, qui devint ma troupe de ligne,
s'échelonna sur tous les points faibles de l'intérieur, et je
donnai, par honneur, sept compagnies de ciboules-cravate aux
cardons et aux artichauts.

» Plus tard, les poireaux ayant renoncé à l'état militaire,
pour former un ordre religieux, je remplaçai par un régiment
d'ognons la garde des asperges. »

— Tiens, tiens, fis-je tout haut, les poireaux sont entrés dans
les ordres ! voici qui me surprend fort de la part de ces guerriers.

— Eux, des guerriers ! répondit, à mes pieds, une petite voix
grêle et perçante ; c'est une race de couards et d'intrigants,
qui ne sont bons qu'à agiter leurs goupillons, sous prétexte de
bénir leur prochain.

Je me baissai pour voir qui me parlait ainsi, et je reconnus
que j'avais affaire à un vétéran d'une des gaillardes compagnies des ciboules-cravate dont Cucurbitus honorait le clergé
de son empire.

Leur attitude n'était plus menaçante ; ces jeunes soldats
avaient eu tout le temps de se familiariser avec ma personne.
Je crus même m'apercevoir qu'ils avaient mis tranquillement
leurs fusils en faisceaux et qu'ils riaient avec la brise, de cet air
naïf et ahuri qui ne me quittait plus.

Çà et là, au milieu de ces groupes joyeux, babillait une jeune et fringante ciboulette attachée à la troupe en qualité de vivandière, et qui se défendait de son mieux ou même ne se défendait pas du tout des lutineries de son bruyant entourage.

— Vous dites donc...? demandai-je au soldat qui m'avait parlé.

— Je dis, reprit le vétéran de ciboules-cravate, que les poireaux sont des pékins qui ne sont bons qu'à aller à la soupe.

— Les poireaux! s'écria, à son tour, une petite vivandière ciboulette qui se trouvait près de nous; ne me parlez pas de cette engeance. J'ai eu le malheur d'en épouser un qui avait jeté le froc aux orties pour se faire légume de loi, et j'ai été, pendant trois ans que j'ai passés auprès de lui, la plus infortunée des ciboulettes, si bien que j'ai fini par le planter là pour revenir verser la goutte et chanter la gaudriole au milieu de mon espèce.

— Est-ce qu'il se permettait de mauvais traitements envers une aussi charmante compagne? demandai-je.

— De mauvais traitements, pas tout à fait, répondit-elle; mais il était insupportable avec sa jalousie, et sous prétexte que je regardais avec une attention trop marquée les jeunes soldats de mon pays que je rencontrais dans le monde ou à la promenade, il me faisait des scènes affreuses. Pourtant, seigneur étranger, ces jeunes soldats étaient de ma famille, et l'on ne peut empêcher une ciboulette d'avoir des cousins.

— C'est trop juste, répondis-je ; mais tout cela ne me dit pas pourquoi les poireaux ont abandonné le service militaire, et c'est ce que je suis impatient de savoir.

— Ma foi, je n'en sais rien, dit le vétéran.

— Ni moi, dit la vivandière.

— Les mémoires de Cucurbitus doivent parler d'une aventure aussi mémorable, pensai-je ; continuons notre lecture.

En quittant les ciboules-cravate, je me remis à feuilleter le manuscrit impérial, où je trouvai bientôt le récit que je désirais.

Le voici en propres termes :

XX

Mésaventures d'un jeune poireau et quelles en furent les suites

« Celui qui changea en ordre religieux les poireaux, d'abord guerriers, fut amené à cette pensée mystique par une catastrophe épouvantable qui lui arriva l'an ix de la fondation des légumes.

» Un jeune officier poireau, plein d'ardeur et d'inexpérience, se trouvait, un soir, de service devant une paisible colonie de navets.

» Pour passer le temps, il réfléchissait et roulait dans sa tête des idées d'orgie. Il caressait en rêve des ciboulettes et des cives à la taille souple et élancée.

» Tout à coup, au milieu de ces coupables pensées, il voit se hausser à ses yeux et sortir de terre une sorte de rave nègre, au teint de suie et de charbon, à la mine douteuse et narquoise, telle enfin qu'on dépeint Satan aux hommes et aux légumes.

» A cet aspect, la terreur glace ses membres, sa voix se sèche dans son gosier; il veut crier à la garde, mais son cri, étouffé par la peur, ne peut être entendu.

» Cependant, comme il n'était pas lâche, il eut honte d'appeler tout un poste à son secours.

» Il raffermit donc son âme, fit deux pas en arrière, dressa sa tête au zénith, et courut sus à cette sorte de monstre qu'il voyait pour la première fois.

» Mais le destin trahit son courage; sa longue chevelure s'embarrassa dans les branches d'un arbuste qui se tenait tout près de là, témoin de ce duel héroïque, et semblable à feu Absalon, mais moins coupable assurément que ce fils dénaturé, il resta suspendu par les cheveux.

» Le radis noir, car c'était lui, poussa un sauvage éclat de rire, et le poireau ferma les yeux.

» Alors une horrible, fantastique et ridicule vision se présenta devant l'imagination du malheureux poireau, vision qui certainement aurait fait dresser tous ses cheveux d'épouvante, s'ils n'eussent pas été déjà trop perpendiculairement tendus dans cette incommode position.

» Il lui sembla que le radis noir, armé d'une lance d'échalotte et monté sur une grosse rave blanche qui s'était trans-
formée à sa voix en hydre dévorante, s'avançait sur lui au triple
galop de cette effrayante monture, et s'apprêtait à le percer de
part en part.

» Que voulez-vous que fît un poireau dans cette situation,
quelque brave soldat qu'il fût?... Celui-ci prit le parti de s'éva-
nouir; tout autre, certes, en eût fait autant à sa place.

» Mais, avant de perdre le peu de connaissance qu'il avait,
il ne manqua pas de recommander son âme à Dieu et de faire
un vœu solennel, comme c'est d'usage en pareille circonstance,
afin d'intéresser le Ciel en sa faveur.

» Il jura donc, s'il échappait à ce péril, de renoncer au métier si vétilleux des armes, pour se consacrer exclusivement au
service du Seigneur. Il promit de ne plus relever vers le ciel sa
tête chevelue et orgueilleuse, mais de l'ensevelir désormais dans
la poussière.

» Ce qu'il y a de plus singulier dans cette aventure, c'est que
le poireau tint son serment.

» Depuis il convertit à ses nouvelles idées des foules de ses
compagnons qui prirent des habits de pénitents pareils à ceux
des flagellants, et suivirent les convois des légumes jusqu'à
leurs dernières demeures, les marmites et les pots, s'agenouil-
lant pieusement pendant les cérémonies, à la suite de leur chef,
qui garda toujours, après sa mésaventure, un air ahuri et une

attitude effrayée dont se moquent fort mes sujets et surtout ceux de la classe guerrière qui ont pris en pitié, voire même en mépris, leurs anciens compagnons d'armes. Mais tout le monde sait que les soldats ne respectent rien.

» Tous, cependant, ne suivirent pas l'exemple et les préceptes du jeune chef.

» Il y en eut d'aucuns qui refusèrent de s'enrôler parmi les pénitents, ou qui, après s'être fait admettre dans la dévote confrérie, se dégoûtèrent promptement de cette vie ascétique et monotone, et rentrèrent dans le monde, où ils firent souche de jurisconsultes et autres procéduriers, comme le mari de la ciboulette, que celle-ci désignait sous le nom de légume de loi.

» D'autres se livrèrent à la politique, occupation oiseuse s'il en fut jamais et qui a causé la ruine de plus d'un imbécile poireau du genre homme, perdant son temps et son intelligence à lire ces grandes feuilles de papier insipides qu'on appelle journaux ou gazettes dans le langage humain, et qui ne relatent que les trop longs discours débités pendant trois heures sans cracher, avec le plus imperturbable sang-froid, par une espèce ambitieuse qui pourrait fort bien se nommer carotte parlementaire. Dieu merci, ces feuilles sont sévèrement interdites sous mon gouvernement paternel.

» Du reste, depuis ce triste, mais grotesque événement, tous les poireaux généralement quelconques eurent le métier des armes en horreur, et aucun d'eux ne se décida jamais à reprendre du service.

CAROTTE PARLEMENTAIRE

» C'est pourquoi la verve malicieuse de mes jeunes guerriers s'acharne impitoyablement sur eux.

» — *Lâche comme un poireau* est un dicton répandu dans tous les rangs de mon armée, et les loustics des corps de garde inventent dans les veillées une foule d'anecdotes plus ou moins saugrenues sur leur conquête. Tantôt c'est un jeune adolescent de cette race qu'ils appellent Poireau-Venette, et qui est tellement poltron, que son ombre même lui fait peur.

» — Cric, dit le loustic.

» — Crac, répond l'auditoire.

» — Pour lors, reprend le narrateur, Poireau-Venette, ayant pris son ombre pour le diable, se mit naturellement à courir devant elle, comme si le diable l'emportait. Mais voilà-t-il pas que naturellement aussi la satanée bigresse d'ombre entreprend de courir après lui, et tant plus le Poireau-Venette décampait, tant plus l'ombre galopait, toujours attachée à ses talons, comme vous pouvez tous m'en croire.

» Quand Poireau-Venette levait une jambe, l'ombre la levait également et la projetait derrière lui, tant et si bien que le malheureux fiston s'imaginait recevoir à chaque enjambée un coup de pied dans une partie que la pudeur me défend de vous désigner. Qu'il vous suffise de savoir que ce n'était pas la partie supérieure.

» Après avoir suffisamment couru, si suffisamment, qu'il avait perdu la totalité du souffle dont un poireau peut être susceptible, Poireau-Venette tomba dans le domicile d'une famille de hannetons qui le firent asseoir et s'empressèrent de lui offrir toutes sortes de raffraîchissements pour le réconforter.

» Mais cette politesse, qui a le droit de vous étonner, vu que les hannetons ne sont pas polis par habitude, cette politesse donc n'était qu'une affreuse rouerie.

» A peine Poireau-Venette eut-il repris le peu d'esprit dont il était capable, que les petits hannetons coumencèrent à grimper après lui, sous prétexte de lui faire des mamours et de le combler de douceurs.

» — Jeune Poireau, que vous êtes joli; Poireau, mon ami; Poireau, mon mignon, nul poireau ne vous est comparable.

» Et un tas de blagues, quoi!

» — Sapristi, se disait tout bas Poireau-Venette, je suis tombé là chez de bien honnêtes gens, et leurs petits sont diantrement aimables!

» Et le fétiche se laissait entortiller par tous ces compliments.

» Quand tout à coup, aie! Il sent de tous côtés des crocs aigus qui s'enfoncent dans sa pelure.

» C'étaient les petits hannetons qui s'amusaient à s'en régaler de leur mieux.

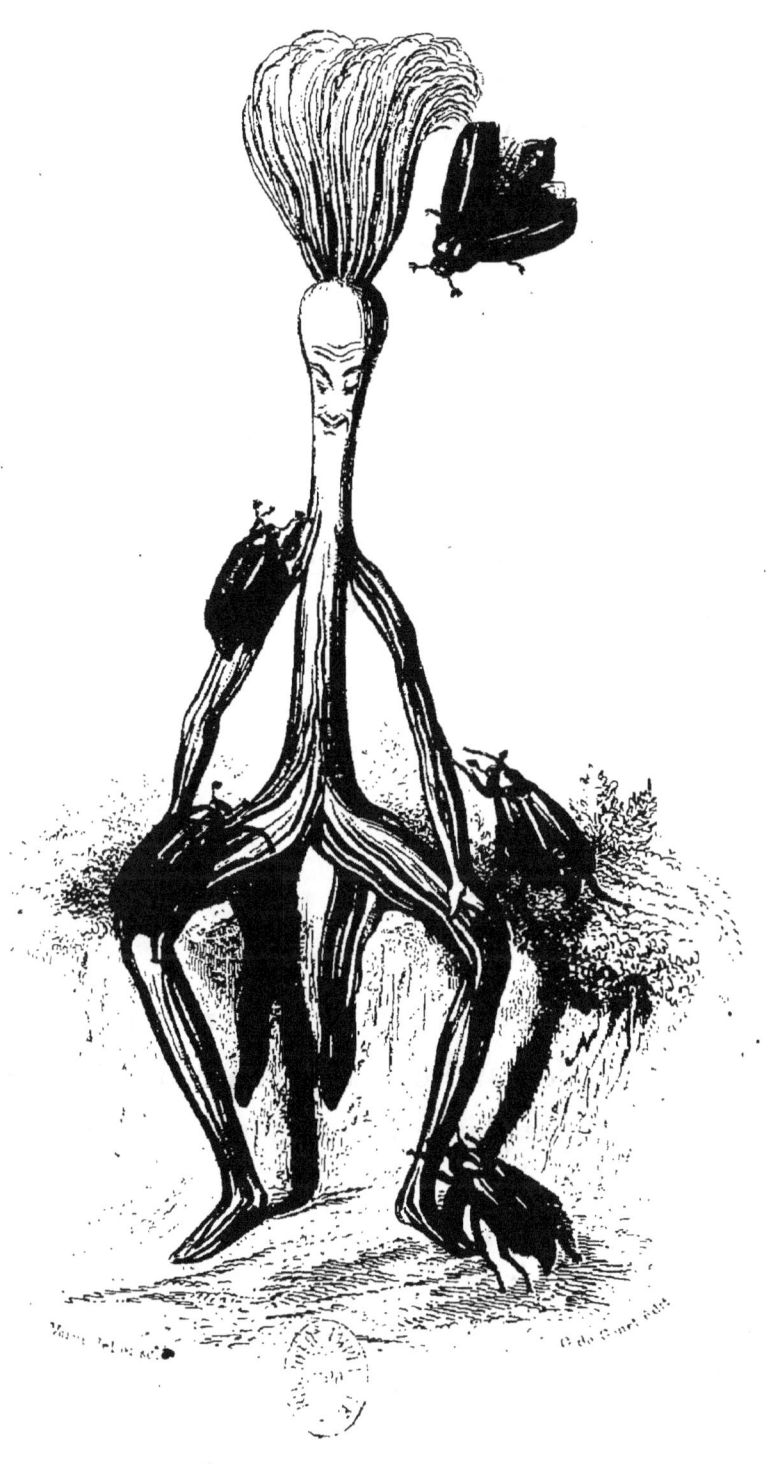

Ses adulateurs finirent par le dévorer.

» Poireau-Venette veut se lever et secouer cette vermine. Mais le papa et la maman se mettent de la partie, en sorte qu'au bout d'une demi-heure, du malheureux Poireau-Venette il ne restait plus qu'une mèche de cheveux qui fut fidèlement remise à ses respectables parents.

» Ses adulateurs avaient fini par le dévorer.

» Tout de même les hannetons et leur engeance firent un fameux repas ce jour-là.

» — Cric, dit l'orateur.

» — Crac, dit l'assemblée. »

J'ai cru devoir favoriser les lecteurs de ce récit peu intéressant, mais lamentable, afin de leur donner une légère idée du style généralement employé par les troupiers de Cucurbitus.

Ceux qui trouveraient dans ces façons de parler quelque chose de pas assez conforme aux notions du langage élégant et aux habitudes de la bonne compagnie ; ceux-là, dis-je, ont parfaitement le droit de s'en formaliser.

Ce n'est pas moi qui prétendrai les priver de cette satisfaction-là.

Seulement, je me permettrai de leur dire avec toute la politesse dont je me crois capable :

— Braves gens, si vous n'êtes pas contents de ce chapitre-là, veuillez passer au chapitre suivant.

XXI

HISTOIRE LARMOYANTE D'UNE BULBE SACRÉE

Après avoir achevé la lecture de cette anecdote militaire, à la fois si instructive et si touchante, j'allais m'éloigner du champ de manœuvre et des postes militaires où se tenaient les bulbes à la solde de l'empereur, lorsque je remarquai dans leurs rangs des gaillards vêtus de pantalons garance et portant d'énormes chevelures vertes dressées sur le sommet de leurs têtes, comme les diadèmes dont les caciques des tribus d'Amérique ornent leur front rasé.

— Ah! pardieu, dis-je à un ognon superbe qui se trouvait près de moi, j'admirais tout à l'heure la discipline de vos troupes

et la régularité de leurs lignes; mais il paraît qu'il y a beaucoup
à rabattre de ma naïve admiration.

— Comment cela? fit d'un son de sa voix voilée et d'un faus-
set de mirliton l'officier à qui j'adressai la parole.

— Qu'est-ce que ces espèces de saltimbanques jaunes que
j'aperçois dans vos rangs?

— Ce sont des carottes que plusieurs de nos gaillards
s'amusent à tirer à leur suite pour se divertir et passer le
temps.

— Ah! ah! je comprends, lui dis-je; c'est ce que l'on appelle
vulgairement la carotte militaire.

— Précisément.

— Je l'ai beaucoup connue dans le monde des hommes, et
notamment dans la milice citoyenne, dont j'ai eu l'honneur de
faire partie, et où les tambours se livraient abondamment à ce
genre d'exercice, au grand détriment de nos goussets.

— Oui, dit l'ognon, je sais que la carotte est beaucoup cultivée dans votre espèce, aussi bien que dans tous les autres règnes
de la nature.

— Aussi me proposé-je d'en faire une étude approfondie;
mais les carottes militaires que je vois en si grande faveur chez
vous, doivent nuire à la discipline, de même que ces légers es-

saims de cives et de ciboulettes qui suivent ici vos bataillons. Ce sont là de véritables légions de Vésuviennes qui énerveront tôt ou tard l'ardeur et le courage de vos fantassins auxquels elles s'attachent, au grand dommage de la morale et de la saine philosophie.

L'ognon me parut surpris de ces paroles. Il releva sa tête blanche et me regarda d'un œil scrutateur.

— Faquin, murmura-t-il, idiot, pauvre cerveau humain ! De quel droit t'avises-tu de venir parler chez nous de morale et de philosophie ? Ah ! je reconnais bien là l'impudence de ton ignorante race !

— Eh quoi ! répondis-je troublé de cette admonestation un peu rude ; ai-je outre-passé mes droits, illustre bulbe, en critiquant les carottes ?

— Il ne s'agit pas de carottes, reprit la voix fière, mais nasillarde, qu'on eût dite affectée d'un rhume de cerveau ; il ne s'agit pas de carottes, mais de ce triste esprit qui te fait trouver moral de séparer des milliers d'adultes de leurs compagnes naturelles. Il s'agit de ton impudence à venir émettre au milieu de l'empire des légumes, où chacun travaille et produit, des idées de Chauvin, des opinions de Chabert et des maximes de Tartares-Mantchoux. Qu'on isole ainsi les misérables esclaves militaires du czar de Russie ou de tous les empereurs ou rois de votre race stupide, moi, dieu détrôné des sujets de Pharaon, je la seule fonction est de tuer et de détruire. Il faut diminuer les liens qui les attachent aux autres humains ; il faut les aigrir par l'isolement et les rendre féroces par les privations, comme les tigres qu'on destine au combat. Mais chez nous ces nécessités d'ascétisme et de torture sont repoussées ; entends-tu ?

— J'entends bien, répondis-je tout contrit.

Après avoir ainsi parlé, ce légume, dont la portée d'esprit était si droite, dont le sens me semblait si naturel et si juste, me tourna dédaigneusement le dos.

Ce n'était pas là mon compte. Forcé de reconnaître la supériorité de son intelligence sur la mienne, j'espérais, en m'humiliant devant lui, obtenir des révélations sur son passé mystérieux.

Je voulais savoir de lui quelques lambeaux du culte des Cophtes, et le mot vrai du symbole que les sept enveloppes de son corps représentaient.

— Je l'arrêtai donc par un des pans de sa tunique, que je baisai en signe d'humiliation et d'excuse.

Ce procédé parut le toucher profondément. Il revint sur ses pas, et, m'embrassant sans rancune, il me fit pleurer abondamment.

— O bulbe autrefois sacrée, m'écriai-je, comment, avec cette faculté admirable de rougir les yeux et de faire verser des larmes cuisantes à tous ceux qui cherchent à pénétrer les mystères de vos sept enveloppes, comment avez-vous perdu la fonction de représenter la divinité vengeresse? Comment vous êtes-vous laissé dépouiller de la faculté sublime de symboliser les dieux de sacrifice, de torture et de compression, vous qui vous entendez si bien à faire pleurer les humains?

Contez-moi donc, s'il vous plaît, par quelle odieuse injustice on vous a dépouillée du caractère divin dont la sage Égypte vous avait revêtue.

L'ognon soupira et me dit :

— Hélas, mon ami, tu me rappelles des temps de splendeur qui ne reviendront jamais.

— Pourquoi donc? dis-je à la bulbe infortunée. Au train dont vont les hommes dans les pays européens où l'on se courbe devant des tubercules grotesques, devant des potirons avariés, où l'on accorde son respect à des navets creux et son amour à des chicorées évaporées, le temps des oignons pourrait revenir, mon maître, et plus tôt que vous ne pensez.

— Jeune étranger, ne me berne pas d'illusions! L'encens de la sottise ne saurait me flatter. Quant aux savants, comment pourrais-je prétendre à leurs hommages, maintenant que le nombre des planètes est double de celui de mes enveloppes dans lesquelles les penseurs contemporains du roi Mœris voyaient les sept circonférences, *les sept ciels*, suivant le langage du temps?

Je compris à ces mots la profondeur sans remède de cette décadence, et ne trouvais pas un mot pour le consoler. Je ne pouvai dire à cet ognon que les astronomes s'étaient trompés et avaient pris des lanternes pour des planètes.

Je le laissai donc continuer ses jérémiades, qui, du reste, m'intéressaient sensiblement.

— J'avais encore, reprit-il, une qualité bien respectable aux yeux de mes croyants. C'était moi qui leur fournissais la nourriture la plus simple et la plus habituelle ; mais, huit siècles environ avant l'invasion des pasteurs, les blés de toutes espèces firent irruption dans mes domaines. Après une lutte qui se prolongea avec des alternatives diverses, je fus vaincu complétement. A l'époque des Ptolémées, il ne me restait plus de mes attributs suprêmes que celui de pleurer sur les tombes des riches, et d'humecter par ma puissance, les paupières arides des héritiers.

— Vous remplissez encore cette dernière fonction avec un grand avantage, lui dis-je pour mettre un peu de baume sur ses blessures.

— Bah ! me dit-il, les héritiers d'aujourd'hui ne se donnent même plus la peine de feindre des regrets qu'ils n'éprouvent pas, et je ne fais plus guère pleurer que les cuisinières. — Depuis ce moment, du reste, j'ai toujours été de chute en chute. On a insulté mes cheveux blancs ; Horace m'a raillé dans ses vers ; les sorcières ont fait de mes dépouilles une soupe burlesque pour rendre du cœur aux ivrognes; les jeunes pousses de la race humaine tirent de ma tige, creusée par le chagrin, un son ridicule et indécent, et les saltimbanques m'enlèvent l'épiderme et même la peau pour s'en faire des mirlitons.

En racontant ainsi ses vicissitudes, l'ognon fondait de plus en plus en larmes.

Son infortune me fendait le cœur et me rougissait abominablement les yeux. C'était quelque chose de vraiment cuisant que la pitié profonde dont cette divinité déchue pénétrait mon âme en m'ouvrant son sein ulcéré.

Vous me direz :

— Jeune historien, ta sympathie pour les chagrins de ce légume fait honneur à la sensibilité de ton caractère.

Mais je vous préviens que les éloges ne me touchent presque pas.

Je vous avouerai, en outre, que les émotions, — celles qui sont tristes, bien entendu, — me produisent un effet souverainement fâcheux.

Aussi, à l'instar de certains personnages remarquables de notre glorieuse époque, je me plais à me bercer de cette illusion que les souffrances et la misère dont on prétend qu'est rongé notre pauvre monde, sont l'invention de quelques esprits atteints d'hypocondrie.

De cette manière, toujours à l'instar des mêmes personnages remarquables, j'épargne au peu d'intelligence que je possède l'ennui de chercher un remède à ces douleurs.

Je proclame que cette recette est infaillible pour couler des jours heureux et exempts de soucis.

Faites comme moi, et vous m'en direz de bonnes nouvelles.

Donc, pour couper court à ces sensations désagréables, je fis un brusque soubresaut et gagnai au large, bien décidé à chercher des gens plus gais que cet ognon.

XXII

UNE RÉUNION DE BONS ZIGS

Si j'avais consulté les notes de Cucurbitus, je n'aurais pas commis l'imprudence de faire une aussi longue station chez les artichauts ; je n'aurais pas non plus prêté une oreille aussi prolongée et des yeux aussi complaisants aux races bulbeuses de son empire ; car ce grand fondateur dit crûment, à la quarante-septième page de ses mémoires, que, malgré ses soins et sa persévérance, il n'a jamais pu parvenir à faire des personnages amusants et aimables de sa soldatesque et de son clergé ; désagrément qui lui est commun avec bien d'autres rois de la terre.

J'avais besoin de distraction ; je recommençai donc ma promenade en regardant en l'air et en comptant les clous du ciel. autant que la lune me permettait de les distinguer.

Je me mis gravement à réfléchir à l'infinie variété des légumes que la Providence avait dû semer dans l'espace sans bornes.

— Hélas! me disais-je, qui m'apprendra jamais la forme, la saveur et le nom des choux de Jupiter; des pommes de terre de Saturne; des artichauts d'Herschell; des cardons de Mercure; des salades de Vénus, et de tous les autres légumes inconnus qui végètent dans les myriades de mondes qui peuplent l'empyrée. O Cucurbitus, que ta puissance est bornée; que tes conquêtes sont misérables, que ta domination est mesquine! Grandeurs d'ici-bas, tout ce que vous fondez est véritablement bien peu de chose!

Ces réflexions niaises et gothiques prouvent à quel point je me trouvais encore sous l'influence des gravités cléricales de l'artichaut et des lamentations pénibles de l'ognon.

J'allais cependant m'y plonger avec une force d'au moins soixante chevaux, lorsque des caquetages et des rires très-frais vinrent me tirer de cet état d'abrutissement.

Je ramenai aussitôt mon attention sur la terre et je crus entendre un chœur de bons vivants chanter des refrains connus.

Il me sembla même reconnaître, entre autres gaudrioles, cette bacchanale tant aimée de nos pères :

Elle aime à rire, elle aime à boire,
Elle aime à chanter comme nous.

— Ah ! parbleu, il faut aller visiter ces joyeux compagnons !
m'écriai-je.

Et je me dirigeai du côté d'où venait le bruit.

A peine avais-je fait quelques pas, que je me vis au milieu
d'une troupe de gens aux figures gracieuses et de bonne humeur,
qui passaient la nuit à boire les provisions liquides qu'Irrigando
venait de leur verser plus largement qu'à tous les autres.

Chacun d'eux était appuyé sur une canne ou bâton vulgairement appelé tuteur, et qu'ils se plaisaient à couvrir d'arabesques très-délicatement imaginées.

Tout leur corps était élégamment entouré de guirlandes, et
leur tête était chargée de fleurs.

En ce moment, ils étaient, pour la plupart, activement occupés
à exécuter une danse de leur pays. Ils tournaient sur eux-
mêmes avec une élasticité rare ; ils se penchaient et se redres-
saient avec une merveilleuse souplesse, et s'enlaçaient les uns
aux autres avec un entrain d'affectivité qui faisait plaisir à voir.

Tout en se livrant à ces ébats, ils chantaient une ballade à
peu près conçue en ces termes :

» Haricots, fils du printemps, soyez joyeux, car vous naissez
» en même temps que les amours

» Le temps a dépouillé sa robe de neige. Il a mis un bour-

» relet d'enfant pour indiquer sa jeunesse revenue, et il donne
» la becquée aux petits haricots qui sortent de terre.

» Haricots, fils du printemps, soyez joyeux, car vous naissez
» en même temps que les amours.

» Le gazon couvre la terre; les feuilles poussent dans les
» charmilles; les oiseaux chantent dans les bois; les jeunes
» filles mettent des robes blanches; voici pour les haricots le
» moment de s'enrouler autour de leurs baguettes et de se parer
» de leurs couronnes de fleurs.

» Haricots, fils du printemps, soyez joyeux, car vous naissez
» en même temps que les amours.

» Bons haricots, vous n'êtes pas des guerriers farouches;
» vous n'êtes pas des hommes d'État souverains; vous n'êtes
» pas des écrivains fameux, et pourtant vous êtes destinés, vous
» aussi, à faire du bruit dans le monde.

» Haricots, fils du printemps, soyez joyeux, car vous naissez
» en même temps que les amours. »

Tandis qu'un certain nombre de ces gais compères chantaient cette ballade en chœur, d'autres allaient s'accrocher aux
habits de leurs voisins, les embrassaient malgré eux, et semblaient les étouffer de caresses et d'étreintes impossibles à éviter.

Ainsi, un farceur de pois-lupin était allé fraterniser avec un grand chou de Bruxelles qui semblait avoir plus envie de ronfler que de valser avec lui.

Mais l'étourdi lupin n'en tenait aucun compte. Il l'entourait de ses bras fluets, et jetait mille folies plus ou moins amusantes, plus ou moins nouvelles dans les larges oreilles du compère le choux, qui ne pouvait s'empêcher d'éclater de rire, quelque envie qu'il eût de se fâcher.

— Voyons donc, me dis-je, ce que m'apprendra le maître sur ces charmants drôles !

Et je rouvris le manuscrit confié à mes soins. J'y trouvai sur eux la notice suivante :

« J'avais rencontré dans les montagnes une race connue sous le nom générique de *légumineuses*, qui me parut bien la plus joviale engeance qu'on pût voir.

» Il y avait de la bizarrerie dans ces natures-là : échevelées, retroussées et hasardeuses, toujours riant et babillant, même pendant leurs travaux, et travaillant avec un goût toujours original et une fantaisie constamment ingénieuse, je vis qu'elles avaient une analogie frappante avec les artistes de nos capitales.

» Ces bons sujets avaient la liaison facile et la conversation fleurie. Ils s'attachaient au premier venu et s'appuyaient sur tout ce qui avait une position solide et bien établie.

» Leurs habitudes offraient un singulier mélange de manières distinguées du grand monde et du laisser-aller insouciant des enfants de la Bohême.

» Toujours couverts de guirlandes et de fleurs comme Alcibiade et les belles courtisanes grecques, ils portaient cependant leurs nouveau-nés dans des sacs de couleur brune, comme les zingari espagnols.

» Une chose surtout me parut du dernier excentrique. Ces fantaisistes étaient tous munis de tire-bouchons. Ils en avaient non-seulement à leurs mains, mais à leur ceinture, sur leur poitrine, sur leur dos, comme des clefs de chambellan, et jusque dans les boucles ondoyantes de leurs cheveux.

» Que signifiait ce genre d'ornement? Des tire-bouchons quand on a à peine de l'eau à boire! car je les rencontrais presque toujours dans des lieux secs et élevés...

» Je crus un instant que la turbulence et la bizarrerie de ces créatures en rendraient la soumission impossible. Eh bien, je me trompais grossièrement, et, quoique monarque, je ne rougis pas de le consigner dans ces mémoires.

» En les prenant par leur passion de boire, j'en ai fait tout ce que j'ai voulu

» Je dois même déclarer à la postérité que bien peu de mes

sujets m'ont donné autant de satisfaction et de profit que ces
gais citoyens que je me plais à désigner ici sous leurs noms de
famille : haricot, pois, fève et lentille.

» Ils ont le travail si facile, qu'on ne peut vraiment pas distinguer les moments de leurs plaisirs des heures qu'ils emploient à accomplir leur tâche. Ils vont si vite en besogne, que
j'ai toujours pensé qu'ils avaient trouvé le moyen de rendre le
travail passionné et attrayant. »

Le sujet m'intéressait et j'aurais volontiers continué ma lecture. Mais le moyen, s'il vous plaît, de se livrer à l'étude au
milieu de créatures si caressantes ?

Je fus forcément interrompu par de jeunes lentilles qui me
grimpaient aux jambes. Un grand haricot m'entourait les bras,
et un pois vert me couronnait en souriant.

Bien plus, ceux d'entre eux que nous nommons flageolets,
improvisèrent galamment un petit concert, afin de célébrer ma
bienvenue.

Leur chef d'orchestre se mit à la tête des exécutants; les haricots de Soissons marchèrent en mesure derrière eux, enseigne
déployée, ainsi que cela avait lieu dans les grandes cérémonies
de l'empire dont les haricots sont les musiciens naturels, et toute
la troupe harmonieuse se mit à défiler devant moi.

Jugez si, travaillé, embrassé et fêté ainsi, il m'était possible de songer à reprendre gravement le cours de mes lectures.

Je laissai donc de côté le manuscrit de Cucurbitus et me mêlai à la joie générale.

XXIII

GÉNÉALOGIE DES FARINEUX

Lorsque le premier enthousiasme de la fête fut passé et qu'il me fut permis enfin de respirer, je tirai à part un descendant du grand orateur romain, un arrière-neveu du nez de Cicéron, dont il a encore conservé le nom en Italie.

Je jugeai que le jeune *Cicero-Ciceri*, en français *pois chiche*, auquel je m'adressai, avait plus de science et de cervelle que ses compagnons. Il me parut, en outre, avoir conservé à travers les siècles quelque chose de l'admirable talent de blague qui distinguait si éminemment son aïeul paternel. Je le priai donc de me donner des renseignements sur les charmants fous qui nous entouraient.

— Volontiers, fit mon cicerone.

Et après avoir essayé deux ou trois gestes et pris le vent, il pérora en ces termes :

— Je devrais commencer par moi ; mais je ferais tort à ton jugement si je supposais que tu ignores à quel point je suis resté cher aux Romains modernes. Pour peu que tu aies fouillé les bords du Tibre, assez de gens cistévérins ou transtévérins t'auront édifié sur mon compte ; car il est aussi impossible de rencontrer des sujets de pape sans une provision de pois sous leur manteau ou dans leurs poches, que de les trouver sans couteau pointu.

— C'est parfaitement établi par tous les voyageurs, dis-je afin de l'encourager.

— Voici le plus ancien d'entre nous, reprit-il en me montrant des lentilles symétriquement découpées. C'est une famille biblique qui servait fidèlement Jacob, fils d'Isaac, lequel Jacob eut la lâcheté de les céder à son frère Ésaü pour un droit d'aînesse, dans un temps où il n'y avait encore ni fief ni majorat.

— Je connais cette anecdote, jeune pois chiche ; mais j'étais loin de penser que les lentilles ici présentes descendissent de cette race patriarcale.

— En droite ligne, dit le pois.

— Et se souviennent-elles de leur illustre origine ?

— Comment donc ! Elles s'en souviennent parfaitement. Ces choses-là se transmettent de génération en génération. En voici une dont un des premiers ancêtres assista au sacrifice d'Abraham. Pour peu que tu y tiennes, elle t'en racontera tous les détails.

— Je n'y tiens pas ! m'écriai-je.

— Et tu as raison, dit le pois. Je n'ai jamais compris, quant à moi, qu'on ait pu supposer un Dieu assez barbare pour commander un pareil sacrifice, et un père assez dénaturé pour l'accomplir ; encore moins qu'on livre un acte semblable à l'admiration du genre humain.

— C'est aussi mon opinion, répondis-je.

Le pois chiche reprit avec sa voix de crécelle.

— Voici, par rang d'ancienneté, la fève et le haricot. C'étaient tout un pour les anciens. Ceux-ci ont été les disciples du grand Pythagore, qui les prit jadis sous sa protection et les racheta de la dîme qu'ils payaient aux molaires de ses initiés.

Je me réinclinai à ce souvenir de l'école du silence ; mais je ne pus m'empêcher de témoigner ma surprise en apprenant que les haricots avaient pu autrefois se ranger sous les lois de cette muette académie, eux que l'on a tant de peine à faire taire, même dans les meilleures sociétés.

— Je ne prétends, pas, dit le pois, les présenter comme des

modèles de discrétion et de retenue. Les flageolets surtout sont passionnés pour la musique qui leur est propre, si l'on peut se servir de cette expression, et s'obstinent à filer des sons au moment où l'on s'y attend le moins. Mais il n'en est pas moins vrai que Pythagore avait su les réduire au silence ; ce qui prouve bien toute la valeur de ce grand philosophe.

— Ici folâtrent sous tes yeux, continua le jeune *Cicero*, les pois dont Philippe de Macédoine donna un boisseau au jongleur qui les lançait si bien, présent bien digne d'un monarque dont l'antiquité s'honore. Ce souvenir, qui paraît rance et passé pour les ignorants comme toi, ô étranger, s'est cependant transmis d'âge en âge dans la mémoire des cuisiniers ; car c'est depuis ce temps que les réunions de plantes potagères assemblées en congrès, sous la présidence du pois macédonien, ont pris le noble titre de Macédoine de légumes.

— Farceur de pois chiche !

En entendant cette exclamation qui m'était arrachée par l'invraisemblance de ce dernier renseignement, mon cicerone éclata de rire et grimpa autour d'un rameau de coudrier.

Pour le coup, la science du grand Cucurbitus me parut s'être égarée. Je ne comprenais pas le moins du monde comment il avait pu donner aux cucurbitacées la prédominance sur cette race comblée de tant de souvenirs historiques, et illustrée par de pareils titres nobiliaires.

Mon étonnement de cet écart d'intelligence dans un homme aussi largement doué fut si grand, que je ne pus m'empêcher de le témoigner tout haut en m'éloignant.

— Jugement téméraire, mon fils, me cria Cucurbitus lui-même qui venait de me joindre. Je n'ai fait que me conformer aux exigences des temps et aux usages mêmes du genre humain. A quoi servent aujourd'hui les titres gothiques? je te le demande.

— A rien, grand roi, répondis-je.

— Tu vois donc bien que tu n'es qu'un oison quand tu doutes de ma sagesse.

— Seigneur, je le vois.

— Mes lupins, mes pois chiches et mes fèves, continua-t-il, n'ont plus ni poids ni gravité. Ce sont tous d'insouciants débauchés, comme bien des descendants de votre vieille noblesse, viveurs, paresseux, turbulents, ne songeant qu'à aimer, à rire et à boire, de vrais *mange-tout*, enfin, comme certains d'entre eux se sont plu à s'appeler eux-mêmes. Ils sont tombés dans la familiarité du vulgaire. Je ne dis pas qu'ils en soient plus malheureux, mais je ne pouvais sérieusement songer à appuyer mon trône sur les bases d'une telle aristocratie, et j'ai préféré m'appuyer sur la noblesse du ventre et de l'obésité. Tant pis pour eux, s'ils ont laissé passer devant eux les cantaloups et jusqu'aux potirons.

— Illustre monarque, vous avez bien fait.

Cucurbitus me gratifia de deux nouvelles pichenettes, et s'éloigna, me laissant plus que jamais pénétré de sa bonté et de sa grandeur.

XXIV

UN SONGE DE PYTHAGORICIEN

En quittant la demeure de ces joyeux compagnons, je tombai sans transition au milieu de personnages graves ou apathiques qui, de même que les potirons, semblaient soigner particulièrement le travail de leur ventre.

Leur unique souci était de faire leur boule et de remplir leurs poches. Ces individus étaient des choux, race frugale et laborieuse, malgré son indolence apparente, et dont je me proposai d'étudier à l'instant même les mœurs et l'utilité.

Mais, au moment où j'entrai dans ce cénacle de boursouflés,

ils semblaient dormir à qui mieux mieux. Je crus même les entendre ronfler sans façon à côté des chicorées, leurs compagnes
naturelles, avec lesquelles ils se disputent aigrement tout le
jour, et se réconcilient chaque soir, comme cela a lieu dans
tant d'autres ménages.

Une odeur à la fois fade et âcre, comme celle qui s'exhale
des alcôves conjugales où les bons bourgeois se livrent sans
retenue et sans scrupule à tous les laisser-aller de la nuit, vint
subitement me sauter au nez.

Ces senteurs nauséabondes m'alourdirent et me disposèrent,
presque malgré moi, à me livrer au sommeil.

Je me couchai sur le sol; je plaçai sous ma tête, en forme
d'oreiller, la liasse des manuscrits de Cucurbitus, et je ne tardai pas à m'endormir profondément.

Alors je fis un rêve. — Était-ce bien un rêve ? — Je ne vois
pas trop quel autre nom donner à cette incroyable hallucination
légumineuse, herbacée et cosmogonique à la fois.

Du reste, le lecteur va en juger, pour peu qu'il soit doué de
l'intelligence nécessaire ; car ce rêve, si c'est un rêve, s'encadre
trop bien dans cette merveilleuse histoire de l'empire du grand
Cucurbitus, pour que je puisse songer un instant à en priver la
postérité.

Je vais donc le livrer à la publicité, sans en rien omettre.

Dès que j'eus fermé les yeux, je sentis qu'il s'opérait en moi un travail de transformation étrange.

Il me semblait, — me sembla-t-il seulement, qui pourrait le dire? — que mes extrémités supérieures se divisaient en compartiments de la nature des feuilles ; que mon corps s'allongeait en manière de tige ; que mes jambes et mes pieds se réunissaient et s'en allaient en diminuant, au point que, ne trouvant plus en eux une base suffisante pour supporter le poids de mon corps, ébranlé d'ailleurs par chaque souffle du vent, je dus visser dans le sol ces parties inférieures ainsi métamorphosées en racines.

J'étais passé sans transition à l'état de légume. La confusion inhérente aux songes, — à supposer, comme je l'ai dit plus haut, que ce fût un simple songe, — m'a fait oublier le nom de l'espèce précise à laquelle j'appartenais.

J'eus alors un instant de sensation délicieuse ; un sentiment exquis de calme et de fraîcheur vint s'emparer de moi.

Ma tête s'était tout d'un coup débarrassée de ce poids énorme de divagations inutiles et de notions stupides qui troublent et hébètent les cervelles humaines. Il me semblait être plus directement en communication avec la vie de la terre, et je *sentais*, comme cette mère commune, d'une façon intime, extatique et silencieuse.

Cet état merveilleux durait depuis quelques minutes, lorsque le grand interprète des races végétantes, la brise, inclina vers moi les têtes de mes nouveaux compagnons.

Quelle ne fut pas ma surprise de reconnaître, dans un moment de lucidité rétrospective, que j'avais déjà vécu avec tous ces braves légumes ; qu'ils avaient la même origine primordiale que moi-même ; en un mot que j'étais lié avec le plus grand nombre d'entre eux par des liens de parenté.

Je vis clairement alors que, pour arriver à l'état d'homme, j'avais passé par toutes ces phases ; j'avais commencé par ce premier degré de la vie.

Végétal, je prenais jadis ma nourriture au minéral pur ; puis, bœuf ou chèvre, j'avais tondu les végétaux, jusqu'à ce que, par de nombreuses transitions, parvenu à l'état d'homme, je fusse arrivé à absorber la chèvre, le mouton ou le bœuf formés par ces légumes, formés eux-mêmes par les minéraux.

Si le lecteur ne trouve pas très-claires ces bizarres fantaisies formées par ce songe fantastique, — en admettant toujours que ce fût un songe, — il ne peut s'en prendre qu'à un défaut de lucidité et de profondeur dans son esprit.

Quant à moi, lorsque je les repassai dans ma mémoire, j'en fus suffisamment satisfait, et je ne tardai pas, en y réfléchissant bien, à leur trouver une certaine valeur scientifique dont je résolus de me contenter en attendant mieux.

Cependant la reconnaissance fut réciproque. Mes anciens parents m'accueillirent comme un enfant prodigue. Ce fut alors un échange touchant de félicitations, de révérences, de serrements de main et d'embrassements...

On me combla de marques d'estime et d'intérêt. Bien mieux, plusieurs des plus belles femelles de la société, mettant à nu leurs fleurs de pourpre, d'azur ou d'or, échangèrent de véritables baisers d'amour avec les fleurs dont j'étais moi-même couronné.

Je reçus surtout de flatteuses et douces caresses d'une chicorée sentimentale dont les pétales bleu de ciel tressaillaient de joie en m'examinant. Son pistil fit des avances gaillardes au pollen de mes étamines, et j'éprouvai alors jusqu'à quel point ces fleurs que nous nommons les *simples* poussent le raffinement du sensualisme et de la volupté.

Pas si simples que vous, braves gens de la race humaine ! Quant à moi, après cette épreuve, je ne crains pas de dire que j'aimerais mieux être choux qu'historien. Le pistil de la chicorée n'est pas pour peu de chose dans cette préférence.

Mais rien ne dure ; c'est une chose pénible à avouer.

Tout à coup je me revis en pantalon et en cravate au milieu des salades et des navets. Je retrouvai une de mes mains, et la portant à mes lèvres, je sentis que ma moustache était revenue à son poste.

Qui pourrait expliquer la confusion où me plongea, vis-à-vis de mes nouveaux concitoyens, cette seconde transformation ou plutôt ce retour à ma conformation première ?

J'éprouvai dans cet instant la honte indicible dont serait

accablé un membre de l'Académie des sciences morales et politiques qui se verrait transporté au milieu du bal d'Asnières, sans autre vêtement qu'une feuille de pourpier et une perruque abricot.

Mais, hélas! ce n'est pas tout. Les anciens consanguins que je venais de retrouver, voyant s'opérer sous leurs yeux cette transformation subite, comprirent fort bien que j'avais déjà depuis longtemps quitté leur compagnie; que je n'appartenais pas de ce jour-là seulement à l'espèce homme; que j'avais vécu longtemps parmi ceux qui les dévoraient, quadrupèdes ou bipèdes, avant de venir leur faire cette petite visite sentimentale.

Alors ils entrèrent contre moi dans une fureur dont je ne les croyais pas capables.

S'ils m'avaient toujours vu dans mon état actuel, ils n'auraient pas songé à me faire un crime d'appartenir à l'espèce humaine. C'était à leurs yeux une position fatale, une race vorace par nature qu'il fallait nécessairement subir comme on subit un conquérant, un monarque ou un garde champêtre.

Ils craignaient donc les hommes, les lapins et les chèvres, mais sans leur en vouloir, surtout aux premiers, dont descendait leur prince et bienfaiteur, l'illustre Cucurbitus.

Mais, cette fois, grâce à cette étonnante transformation opérée sous leurs yeux, ils venaient d'apercevoir clairement mon origine et ma filiation.

J'étais donc bien et dûment convaincu à leurs yeux de trahison et de parricide quotidien, en appartenant aux castes privilégiées qui s'engraissaient de leurs sueurs et vivaient à leurs dépens.

Ils commencèrent donc à m'injurier, à me frapper, à me maltraiter avec autant de ferveur qu'ils en avaient mis d'abord à m'accueillir et à me caresser.

Ils s'agitaient autour de moi comme des forcenés ; les choux avaient les feuilles hérissées de rage ; les pois chiches se tordaient les bras dans des convulsions nerveuses ; les cardons me frappaient de leurs goupillons de fer.

C'était un crescendo de colères inimaginable, dont je finis par être effrayé tant et si bien, que je pris mes jambes à mon cou, manière vulgaire et stupide d'exprimer la posture d'un homme qui fuit un danger.

Les Parisiens appellent cela jouer des guiboles. Je préfère de beaucoup cette figure à la première.

Je croyais ainsi échapper à l'acharnement de mes ennemis. Erreur grossière !

Ces personnages qui m'avaient semblé si mous, si apathiques, ranimés par la fureur, surexcités par l'indignation, se

J'entendais derrière moi leurs hordes vengeresses pousser, en me poursuivant, des aboiements terribles, comme une meute de vénerie à la poursuite d'un dix cors.

Ceux qui s'étonneraient de ce qu'un être à peu près raisonnable ait pu s'imaginer que des légumes fussent doués de la faculté de l'aboiement, vont voir dans le chapitre suivant combien il est imprudent de former des jugements téméraires, et comment les choses les plus invraisemblables peuvent souvent se trouver beaucoup moins extravagantes qu'on ne le supposait au premier abord.

Je suis bien aise de donner, en passant, à mes contemporains cette leçon de modération et d'indulgence réciproque.

Puissent-ils en profiter !

XXV

UNE CHASSE A COURRE

Cette hallucination hoffmanesque et épouvantable devint si forte, que la peur me coupa les jarrets.

Mes jambes s'affaissèrent ; mes efforts, quelque surhumains qu'ils fussent, devinrent sans effet, et je me voyais sur le point de périr sous le coup de ces légumes féroces, lorsque je m'éveillai.

O surprise ! Les aboiements continuaient toujours et se rapprochaient de plus en plus.

Mon cauchemar était-il donc devenu une effroyable réalité ? C'était bien l'organe éclatant de plusieurs dogues de basse-cour dont il me semblait déjà sentir sur mes joues l'haleine ardente.

Vous voyez, ô lecteur! que je n'étais pas aussi ridicule que vous avez pu le croire, à propos de ces aboiements.

Ainsi que cela arrive souvent en pareil cas, une portion de réalité s'était mêlée à mon rêve.

Les aboiements existaient parfaitement bien en dehors de mon imagination ; mais les choux, les carottes et les navets en étaient complétement innocents ; rendons-leur donc cette justice !

J'allais me lever et fuir à toutes jambes, je n'en eus pas le temps.

Plusieurs individus dont je ne pus reconnaître la race, me passèrent sur le corps en bondissant ; puis les dogues eux-mêmes, au nombre de trois, me foulèrent aux pieds en donnant de la voix comme dans une chasse à courre.

J'étais mort de peur ; je m'attendais au coup de croc suprême, sans rien comprendre encore à l'effrayant pêle-mêle des potagères et des chiens de garde, au lien impossible de mon rêve et de ma vision actuelle.

Mais les aboyeurs continuèrent leur chasse sans même

me flairer. Je n'en étais donc pas l'objet ; j'étais sauvé.

Alors, reprenant courage, je me mis à suivre de l'œil cette battue nocturne, cet hallali gigantesque qui agitait l'empire de l'est à l'ouest et du midi au septentrion.

Je cherchais vainement à découvrir le gibier qui excitait une si ardente poursuite, et je cherchais vainement le mot de cet énigme, lorsque j'avisai le grand Cucurbitus, qui suivait en personne la meute qu'animait son ministre Rateau.

Je me hâtai de le joindre, heureux de me sentir, après tant d'émotions, près d'un être de mon espèce, et sous la protection toute-puissante d'un magnanime souverain.

Cet empressement à se mettre à l'abri d'une autorité quelconque, dès que quelque chose vous tarabuste, fait suffisamment comprendre comment, dans un moment d'épouvante, le placide bourgeois accepte avec ardeur le premier Soulouque noir ou blanc qui se présente, en attendant que l'ordre se rétablisse dans son cerveau effaré.

— Ah ! dit Cucurbitus en me voyant, te voilà, mon fils.

— Pardieu, je suis aise de te faire assister à une des chasses de mes domaines. — Tayaut ! tayaut ! allez, mes bellots ! — criait-il aux chiens tout en causant.

— Mais quel diable de gibier pourchassez-vous donc ainsi ?
demandai-je à l'illustre monarque.

— Comment, bélître, s'écria-t-il avec cette touchante amé-
nité qui le caractérisait toujours dans ses moindres discours, tu
ne vois pas ces mulots et ces grands rats gris qui détalent devant
ma meute ?

A force de regarder, j'aperçus, en effet, une bande de rats
effrayés qui fuyaient de toute la force de leurs jarrets devant
les chiens, à travers allées et plates-bandes.

— Remarque, s'écria le roi, l'attitude belliqueuse de mes
sujets pour entraver la fuite de leurs ennemis.

Vois un peu comme ils serrent leurs rangs en forme de
muraille ; comme ils haussent leurs piques et leurs hallebardes ;
admire comme ces artichauts percent les fuyards au ventre,
lorsqu'ils essayent de franchir leurs domaines.

— Tayaut ! tayaut ! hallé ! hallé, mes bellots !

En effet, les sujets de Cucurbitus se mêlaient tous à la chasse,
apportant à cette œuvre de destruction salutaire le concours de
leurs forces et des armes particulières que la nature avait mises
à leur disposition.

On voyait jusqu'aux haricots insoucieux et aux pois indolents qui sortant de leur joyeuse paresse pour se mêler à la bataille, lançaient leurs longues tiges flexibles sur les mulots effarés, à la manière des *lassos* dont se servent les Indiens et les Gauchos du Mexique.

— Vois, s'écria le roi, en voici un, deux, trois de forcés. Bravo! allons, je te laisse; il faut que je m'en aille faire la curée.

Et Cucurbitus s'élança à la suite de la chasse furieuse.

Tant il est vrai que tous les grands rois sont chasseurs, excepté ceux qui ne le sont pas. Mais l'exception confirme la règle.

Moi qui n'aime le gibier qu'à la broche ou dans les casseroles, et qui n'avais pas un goût bien particulier pour celui-là, je résolus de continuer mes études, et je laissai Rateau ramasser les victimes, et Cucurbitus courir à la suite des chiens, de plus en plus acharnés aux carnage.

Bientôt les aboiements et les cris des chasseurs se perdirent dans le lointain.

Cet épisode émouvant avait éveillé en même temps que moi les bourgeois nommés choux dans l'empire végétal.

C'était un moment favorable pour étudier leurs mœurs, et obtenir d'eux des renseignements utiles sans trop les gêner.

Avant d'entamer mes observations particulières, je songeai à me mettre un peu à feuilleter les Commentaires, que j'avais trop négligés depuis quelque temps.

Je ramassai donc la liasse précieuse qui m'avait si douloureusement servi d'oreiller, et je cherchai à l'article Bourgeoisie ce que le fondateur disait de ses imposables d'élite.

XXVI

Ruses de Bourgeois pour échapper au fisc.

Dans ce nouveau chapitre, je servirai encore une fois, sans presque y rien changer, la prose de Cucurbitus.

Je tâcherai seulement d'épargner au lecteur les répétitions de ce narrateur excentrique.

Je ferai mon possible pour varier les formules de cet auteur couronné, radoteur par moments, et tout aussi monotone et fastidieux que la plupart de ses augustes confrères.

Voici donc en quels termes il s'exprime à propos de ses bourgeois :

« De tous les citoyens de mon empire, les plus récalcitrants à payer l'impôt, les plus rudes à se laisser rogner leur épargne, sont assurément ces gaillards à forte panse, d'apparence cossue et bien nourrie, ces bourgeois à allure banale et aux poches pleines qui portent le nom générique de choux.

» A part ce défaut, assez considérable à mon avis, puisque la plupart sèchent sur pied et meurent de chagrin quand mon percepteur Cassarola les a tondus, à part ce défaut, dis-je, ce sont de braves gens en général, tranquilles, calmes dans leurs opinions politiques, modérés dans leur manière d'agir.

» L'égoïsme même qui les induit à dorer les doctrines du *chacun pour soi*, devient chez eux une qualité.

» Rien ne les dérange de leur travail d'engraissement ; ils s'arrondissent à vue d'œil, sans s'occuper de leurs amis ni de leurs parents ; et je m'aperçois bien, aux jours de recette, que le système de Malthus leur réussit on ne peut mieux.

» Je ne suis pas, du reste, le premier César qui ait régné sur eux.

» Le coupe-choux de l'empereur Dioclétien avait déjà gouverné et discipliné leurs aïeux, il y a quatorze ou quinze siècles. Je n'ai donc pas eu grand'peine à leur faire accepter mon autorité.

» Ils sont monarchistes par nature, et ne s'émeuvent jamais

sérieusement que lorsqu'on les contraint de verser au trésor leur part de contributions.

» Aussi est-il difficile de se faire une idée de toutes les ruses imaginées par ces honnêtes contribuables, pour échapper à cette fatale obligation.

» La plus ordinaire consiste à cacher leurs richesses sous un nombre infini d'enveloppes, dont les plus apparentes sont, la plupart du temps, tellement trouées et lacérées et imitent si bien les haillons de la misère, qu'il faut s'y connaître parfaitement pour deviner sous ces loques fallacieuses les opulentes réserves qui y sont enfouies.

» Cependant les rusés de la bande, après avoir reconnu que ce stratagème était complétement inutile, se dirent un jour :

» — Notre rondeur, si naïvement étalée au grand soleil, nous trahit sans cesse aux yeux des collecteurs d'impôts ; n'exposons plus notre capital à une unique chance de découvertes ; ne le mettons plus dans un seul tas.

» Alors qu'inventèrent nos drôles?

» Il se mirent à diviser leurs trésors en une quantité de petits paquets ; ils monnayèrent habilement leur énorme lingot, et, après l'avoir réparti dans un grand nombre de petits sacs faciles à dissimuler, ils le placèrent sournoisement sous l'aisselle de leurs feuilles en manière de boutons d'habit.

» Comme cette finesse avait été imaginée par des réfugiés personnages historiques du Brabant, naturalisés par moi sur les confins du boulevard Noir, ils reçurent, ainsi transformés, le nom de *choux de Bruxelles*.

(Ici se trouve le portrait d'un de ces réfugiés, ressemblant assez à l'être idéal connu sous le nom de Juif-Errant ; je m'empresse d'en joindre la copie à ces mémoires.)

» Mais Cassarola, encore plus habile qu'eux, reconnut bientôt la fourberie, et leva les tailles comme auparavant.

» — Encore rançonnés ! se dirent les malheureux bourgeois ; cachons donc nos richesses dans les entrailles du sol, et ne laissons de visibles à l'œil nu que les plus maigres de nos membres, et les pans de nos habits.

» Ils firent comme ils avaient dit, et mirent leurs billets de banque dans leurs bas et dans leurs souliers : ils devinrent *choux-raves*.

» Cette fois l'exagération de leurs mollets les trahit encore. Je fis chercher à l'endroit où me semblait avoir été transportée la caisse, et je perçus la taxe comme par le passé.

» Alors, outrés, désespérés de se voir toujours dépouillés de quelque façon qu'ils s'y prissent, mes ventrus devinrent prodigues.

» — A quoi sert de thésauriser? dirent les plus exaspérés d'entre eux.

» Les malheureux ne se doutaient pas que j'avais des espions parmi eux, et que rien des choses discutées dans leur club ne m'échappait.

» — A quoi sert de thésauriser, si nous ne profitons jamais de nos trésors dans nos vieux jours?

» — Nous sommes bien sots de ne pas jouir hardiment de nos richesses, de ne pas employer nos ressources à nous parer, à nous couvrir de broderies et de fleurs d'or.

» Jouissons donc; faisons souche; ayons de la graine et des descendants! Sa Majesté sera bien attrapée cette fois; car si nous dépensons tout, nos poches seront vides, et où il n'y a rien, le roi perd ses droits. C'est connu.

» Et voilà mes rusés contribuables qui se mettent à afficher un luxe effréné.

» Dans cette nouvelle vie, ils prirent le nom de fleurs de choux, d'où vient le nom vulgaire de choux-fleurs.

» Mais ce procédé ne leur servit pas plus que les autres.

» En affichant ainsi leurs richesses, en multipliant les parures et les joyaux, au point d'avoir l'air d'écrins vivants, ils attirèrent et éblouirent si bien les regards, qu'à défaut du fisc, les voleurs n'eussent pas manqué de se sentir des demangeaisons aux doigts en apercevant cet ébouriffant étalage.

» Toute cette opulence de mauvais goût était d'ailleurs d'excellent titre et de fort poids ; point de bijoux ruolzés ni plaqués. Tout était précieux et véritable. Seulement, cette lourde richesse semblait cette fois offerte plutôt que montrée.

» Je feignis d'interpréter ainsi leurs intentions ; je profitai de cette apparence de don volontaire, et j'acceptai à titre d'hommage ces trésors étalés, de même que j'avais pris en qualité d'impôts les épargnes qu'ils dissimulaient.

» Mes choux donc eurent beau se friser, se fleuronner, se détailler, se hérisser, quelques attitudes qu'ils prissent, quelques déguisements qu'ils adoptassent, ils ne purent échapper à l'exécuteur zélé et impitoyable de nos décrets impériaux.

» Ils se firent rouges pour m'intimider, et se mirent à cabaler avec les radis de la même couleur, qui, de temps immémorial, sont connus pour leur insubordination et leur haine des souverains et des trônes.

» Mais je ne les taillai que de plus belle, et je les trouvai même ainsi transformés, plus doux, meilleurs et plus stomachiques.

» Il en est même qui se firent communistes, c'est-à-dire réunis en association sur la même tige.

» Je tondis les associations aussi bien que les individus, et comme leurs travaux ainsi opérés étaient plus délicats, plus abondants, je laissai ces sortes de communautés s'organiser à leur aise.

» Du reste, continuaient les mémoires, ma caisse impériale ne fut pas la seule qui prélevât une énorme dîme sur les sueurs et les produits de mes bourgeois.

» Ils se virent exploiter encore, mais exploiter à outrance, par une espèce de carotte traîtresse, perfide, floueuse et diantrement cupide, qu'on appelle la carotte industrielle.

» Sous prétexte de les intéresser dans des entreprises fabuleuses, de les associer pour des œuvres chimériques, de les admettre au partage de bénéfices impossibles, et d'accélérer ainsi cette opulente rotondité à laquelle tous les choux aspirent, les carottes industrielles trouvaient mille moyens plus ingénieux et plus scélérats les uns que les autres pour leur soutirer leurs plus belles feuilles et de leur arracher même d'importantes portions du cœur.

» Abusant de l'intelligence bornée et de l'âpreté au gain de ces bourgeois imbéciles, les coquines les dépouillèrent à qui mieux mieux, si bien que souvent, quand Cassarola arrivait pour toucher les revenus dans cette partie de nos États, il ne trouvait plus que des trognons.

» Un pareil état de choses ne pouvait durer longtemps.

» La carotte industrielle, enhardie par ses succès auprès de compères les choux, commençait à s'adresser à d'autres espèces de mes sujets.

» Déjà quelques nobles cantaloups, séduits par ses belles paroles, s'étaient laissé dépouiller de leur patrimoine, et avaient ensuite, pour recouvrer leur fortune perdue, trempé dans d'indignes tripotages, à l'instigation des carottes, qui exploitaient et salissaient le nom de ces illustres dupes sur le point de passer à l'état de fripons.

» De graves et pieux artichauts même n'avaient pas pu résister à l'entraînement de cette fièvre d'agiotage.

» Il n'y eut pas jusqu'à mes joyeux artistes, les haricots et les lupins, auxquels ces carottes trompeuses ne trouvassent moyen d'arracher quelques cosses pleines.

» Voyant que mon empire allait être ruiné et dévoré par ces infâmes drôlesses, je pris un parti énergique, que je recommande à l'attention de tous les souverains mes confrères.

» Comme les gueuses étaient parfois tellement habiles à se dissimuler qu'il était impossible de leur mettre la main dessus, je résolus de les prendre par la ruse. »

UNE CAROTTE REPUTÉE PEU HONNÊTE

—A la bonne heure ! m'écriai-je. J'admire ce procédé aussi radical que peu coûteux.

« Je fis répandre adroitement le bruit fallacieux que, dans l'intérêt des finances et du commerce, moi, Cucurbitus, j'étais tout disposé à livrer aux carottes l'entreprise de toutes les fournitures de mon empire, et même à leur confier la perception des impôts.

» Quand ce bruit eut suffisamment circulé, je fis publier à son de trompe, par les oignons, que j'invitais toutes les carottes industrielles à se rendre tel jour, telle heure, dans le lieu ordinaire de leur rassemblement. Elles avaient donné à ce lieu le nom de *Bourse,* par allusion, sans doute, aux bourses de mes sujets, qu'elles attiraient et soutiraient dans cet endroit.

» Les carottes accoururent, alléchées par l'espoir des prodigieux bénéfices qui leur étaient annoncés.

» Pas une ne manqua à l'appel.

» On y trouva jusqu'à celles réputées peu honnêtes et qui d'ordinaire se cachent avec le plus grand soin.

» Quand la réunion fut au grand complet, je fis fermer hermétiquement toutes les issues ; puis, à l'aide de plusieurs bottes de paille convenablement disposées et auxquelles je mis le feu de ma main impériale, je les enfumai toutes à la fois. »

Si jamais j'arrive à la toute-puissance, je prends le ciel à témoin que je n'en emploirai pas d'autre pour délivrer mon pays de ces carottes malfaisantes, qui fourmillent parmi les hommes aussi bien que chez les légumes, et qui réunissent un tas d'imbéciles, sous le pseudonyme d'actionnaires, pour leur extorquer leurs écus par des blagues industrielles.

XXVII

ÉTYMOLOGIE

Du mot d'amour :

MON CHOU!

Ici je fus interrompu par un soupir qui me sembla empreint d'une voluptueuse tendresse, et l'épithète amoureuse : *mon chou*, langoureusement prononcée à deux pas de moi, attira toute mon attention.

Ce mot si doux avait été articulé par une jeune laitue près de laquelle se carrait un chou de la plus superbe encolure.

Je compris bientôt que j'avais sous les yeux un ménage nouvellement uni.

— Mon gros chou, murmurait la laitue d'une voix insinuante et câline, que ton amour ne t'empêche pas de vaquer à tes affaires.

Je ne veux pas que tu puisses me reprocher de t'avoir distrait de tes travaux.

— Est-elle bonne, cette créature ! disait le brave bourgeois en s'épanouissant de plus en plus.

— Va, mon trognon ; va, mon chou, répétait la douce voix de la jeune salade, songe à tes occupations, fais ton ventre !

— Parbleu, allais-je m'écrier, si l'on veut trouver le modèle des épouses, c'est parmi les laitues qu'il faut le chercher ! quand tout à coup... O abomination !

J'aperçus un fringant haricot de Soissons qui se glissait perfidement en rampant dans l'ombre du côté de la laitue, dont il commençait déjà à enlacer la taille.

— Va-t'en, mon amour, va-t'en, mon chou, disait toujours la laitue.

Choux que vous êtes, voilà ce que c'est que d'épouser des laitues accortes et pimpantes, et de dédaigner la chicorée.

Vous êtes trompés, et c'est bien fait.

Après cela, on prétend que la chicorée, elle-même, se permet souvent d'être infidèle et qu'elle a un goût trop prononcé pour la soldatesque de l'empire, à telle enseigne que l'on en a surpris plus d'une en conversation criminelle avec l'ail ou l'estragon.

Ce qui prouve bien que nous ne sommes pas parfaits.

Et puis, ainsi que je l'ai dit plus haut, la chicorée devient acariâtre et méchante sur ses vieux jours, et suscite à chaque instant des querelles dans son ménage.

Vieux chou et vieille chicorée sont rarement d'accord.

Mieux vaut donc encore la laitue, qui, du moins, trompe son mari avec des formes parfaites, et se montre toujours douce et complaisante dans son intérieur, excepté quand elle a déjà été passée au vinaigre.

Et maintenant, pour justifier le titre de ce chapitre, si vous voulez connaître l'étymologie de cette épithète amoureuse :

MON CHOU !

généralement employée dans les ménages de la bourgeoisie, soyez sûrs qu'elle a été inventée par une laitue sentimentale et traîtresse, qui voulait mettre son mari à la porte pour faire place à un amant.

A l'avenir, défiez-vous des personnes du sexe qui vous appelleront mon chou.

Du reste, la laitue offre encore un inconvénient et un danger dignes d'attention au bourgeois qui se l'attache conjugalement :

Amie du luxe et des plaisirs, comme sa sœur la romaine, grande dépensière et dénuée de toute espèce d'esprit d'ordre, elle fait souvent payer bien cher au bélître qu'elle épouse l'honneur de partager sa couche, et a bientôt dévoré plus que sa dot en boisson et en engrais.

Trop souvent, pendant que sa voix mielleuse endort son mari crédule, ses racines vont piller les caves et les silos.

A propos de *silos*, il me vient ici une observation scientifique et historique que je suis bien aise de communiquer en passant au lecteur qui aime à s'instruire.

Les peuplades primitives réunies sous le sceptre de Cucurbitus ne connaissaient, non plus que les Scythes et les Bédouins, l'art de bâtir pour s'abriter.

Elles avaient conservé de leurs anciennes mœurs l'horreur des toitures stables; elles y dépérissaient comme des hirondelles en cage.

La seule concession qu'avait obtenue d'elles leur fondateur, avait été de laisser abriter leurs fils au berceau sous les vitres des bâches, sous les tresses d'une natte ou d'un paillasson.

Ces races avaient donc conservé l'habitude orientale de faire de la terre leur grenier d'abondance, en y ayant des citernes à nourriture (en arabe des silos), de même que des citernes à boisson.

Quand on leur reprochait leur ânerie en fait de progrès industriel, les gros bonnets répondaient d'un air de sarcasme :

— Eh! mon Dieu, s'en porte-t-on plus mal chez nous?

D'autres allaient jusqu'à nier tout progrès et à soutenir que les choux seraient toujours des choux, et les navets des navets.

Ce qu'il y avait de particulier à ce genre d'aveuglement, c'est qu'il semblait être surtout le principe et la thèse ordinaire de ceux qui, frêles, maigres et misérables dans l'état de nature primitive, avaient le plus gagné aux soins et aux bienfaits de la civilisation à laquelle Cucurbitus les avait initiés.

Les artichauts, par exemple, ces anciens chardons, avaient l'habitude de soutenir que chercher les moyens d'assurer à tous le bien-être et la sécurité, c'était tenter Dieu et douter de la Providence.

Ce qui prouve surabondamment que les légumes et les hommes se ressemblent infiniment plus qu'on ne le croirait au premier abord.

XXVIII

.

.

NUANCES POLITIQUES DES NAVETS

.

Les grands politiques de notre temps s'imaginent peut-être avoir inventé les dénominations des partis qui divisent aujourd'hui la France.

Les grands politiques de notre temps sont des ânes.

.

Il y a bien longtemps que, sous l'appellation de rouges et de blancs, les petits navets poivrés que nous dévorons au commencement de nos repas ont troublé l'empire des légumes de leurs cruelles et impitoyables dissensions.

Les Parisiens pourraient bien aussi avoir l'aplomb de s'attribuer la découverte des bonnets rouges et des barricades.

.

Les Parisiens sont des sots.

Les bonnets rouges étaient portés par les radis démocrates bien avant la découverte de la garance, et les barricades furent avantageusement pratiquées par ces bouillants révolutionnaires longtemps avant que les républicains de Paris eussent l'idée de dépaver leurs rues et de se retrancher derrière ces murailles improvisées.

C'est ce que tout être humain doué de quelque intelligence va comprendre aisément à la lecture de cette partie de mon voyage au pays des Herbipèdes.

Et chacun conviendra que c'est bien le cas de s'écrier ici, avec le poëte juif :

Vanitas vanitatum, et omnia vanitas!

Exclamation bien connue, qu'un traducteur moderne aussi élégant que fidèle a rendue ainsi dans notre belle langue :

Blague sur blague; tout n'est que blague ici-bas!

Mais je ne veux pas trop humilier mon espèce, d'autant plus, — avouons notre faiblesse! — que jusqu'à ce moment j'avais partagé cette opinion outrecuidante et saugrenue des grands politiques du temps moderne et des Parisiens d'aujourd'hui.

Ne sommes-nous pas tous sujets à l'erreur aussi bien les uns que les autres? — Soyons donc indulgents pour nos semblables, et ne les traitons d'imbéciles que quand il nous est absolument impossible de faire autrement.

La modestie de la rave est bien propre à nous donner une leçon à cet égard. — Sachons tous en profiter.

Voici ce que je lis dans les commentaires de Cucurbitus, au sujet de cette humble race :

« Gaillards robustes et bien plantés, sévères de mœurs, rudes de forme, les individus de cette nombreuse famille ont une aptitude au travail que rien ne dérange.

» Ils fouillent la terre avec vigueur, en tirent les sucs nourriciers, et se laissent sans mot dire dépouiller du fruit de leurs labeurs.

» Leur seul défaut est de ne pas résister au penchant de la boisson, lorsqu'on leur en verse, et de devenir, en satisfaisant trop cette passion, flasques, gonflés et atteints d'affections cancéreuses à l'estomac.

» A part cela, ce sont d'infatigables pionniers, de vrais laboureurs francs et naïfs, d'ardents ouvriers qui travaillent modestement loin des regards, et ne paraissent au grand jour que pour offrir le résultat de leurs veilles.

» Cette innombrable et cosmopolite espèce est généralement regardée avec indifférence et dédain par les melons et les concombres, les potirons et les citrouilles, voire même par les artichauts et les asperges, malgré leur béate humilité. Il n'est pas jusqu'à ces gros bourgeois de choux et ces insolentes chicorées qui n'affectent parfois à son égard la plus impudente hauteur.

» Un illustre cantaloup a dernièrement traité les raves et navets de vile multitude. Les radis blancs ont applaudi à ce mot un peu risqué; mais les radis rouges en ont frémi d'indignation.

» Cependant, malgré leur humble obscurité, ils ont eu une certaine vogue dans plusieurs républiques anciennes et modernes.

» Lycurgue, le fameux législateur spartiate, avait la rave en haute estime, et en prescrivait la fréquentation intime aux Lacédémoniens jeunes ou vieux. La rave et le brouet noir, tels devaient être les aliments perpétuels de ces républicains austères.

» Malgré toute l'estime que je n'ai cessé de professer pour ce grand philosophe, je ne puis m'empêcher de le traiter de paltoquet. »

— O Cucurbitus, comment un pareil mot a-t-il pu s'échapper de ton auguste plume? En dissimulant si peu l'amertume de ton ressentiment contre cet apôtre illustre de la plus extrême sobriété, ne crains-tu pas, ô grand roi, que l'on ne t'accuse de ne pas rougir suffisamment de tes goûts sybaritiques et de tes habitudes de goinfrerie?

« Dans la Rome antique, continuent les commentaires, les raves étaient non moins considérées. Si quelque citoyen avait besoin de popularité, il se hâtait de les admettre à sa table.

» Curtius, Brutus, Cincinnatus, surnommé dans son temps le soldat laboureur, et autres farouches puritains de la même trempe, faisaient grands cas de ces rustiques sujets. Ils recommandaient à leurs ménagères de bien traiter les raves, de les accommoder avec soin, et de leur en présenter souvent à l'heure de leurs repas.

» Mais j'ai tout lieu de croire que ces illustres Romains n'étaient que d'illustres farceurs qui se donnaient des apparences de frugalité pour éblouir le bon populaire, et se dédommageaient dans le secret de leur intérieur des privations qu'ils affectaient de s'imposer en public. Car c'est ainsi que ça se pratique. »

— En sa qualité d'empereur, Cucurbitus doit savoir mieux que moi comment on trompe les vulgaires mortels. N'importe ! je commence à trouver cet illustre monarque bien cynique dans ses appréciations historiques, et bien relâché dans sa morale individuelle. Cependant, ne discontinuons pas pour cela la traduction fidèle de ses mémoires :

« Enracinée dans le sol de tous les pays, cette vile multitude, pour me servir de l'expression du cantaloup déjà cité, a vu parfois les grands faire parade de cette familiarité démocratique qui amenait un jour chez un savetier de Hollande un seigneur du même pays descendu dans l'échoppe du fabricant de vieilles chaussures, à l'effet de lui demander son vote pour la députation à la chambre des États.

» Le savetier, qui unissait la malice du radis à la simplicité du navet, fit asseoir le gentilhomme sur un escabeau de bois.

» — Vous ne refuserez pas de trinquer avec moi? lui dit-il.

» — Comment donc! dit le seigneur, qui avala avec d'affreuses grimaces un verre d'horrible piquette.

» — A présent, reprit l'artiste en cuirs, vous fumerez bien une pipe?

» — Je ne fume jamais, répondit le courtisan.

» — Vous n'êtes donc pas populaire?

» — Je suis on ne peut plus populaire.

» — Alors fumez! quand on est populaire, on fume.

» Le seigneur fuma. Il fuma une pipe tout entière. Il eut mal au cœur et tout ce qui s'ensuit.

» Après quoi le savetier le mit impoliment à la porte, en lui tenant ce langage à jamais mémorable :

» — Mon gentilhomme, vous n'aurez pas ma voix.

» Toutes les raves n'ont pas la malice du savetier hollandais et se laissent souvent enjôler par la feinte amitié des grands seigneurs. Mais au fond, tous les grands seigneurs méprisent les raves, qu'ils trouvent trop sauvages pour leurs palais.

» Tous les proclament grossières et mal élevées ; mais ils ne prennent cependant aucun soin de leur éducation ni de leur culture, dans la crainte, disent-ils, qu'elles aussi ne viennent un jour à se sentir de l'ambition. »

Voyant que les Mémoires de Cucurbitus commençaient à devenir insipides, je fermai le manuscrit, et résolus d'aller visiter de mes propres yeux cette robuste classe de légumipèdes si chers aux stoïciens.

Je voulus aller aussi, mais pour un autre motif que les grands seigneurs hollandais ou autres, m'asseoir à l'humble table des raves, serrer démocratiquement la main aux navets, et me nourrir de leur agreste entretien.

Mais il ne fut pas aussi facile que je l'avais imaginé de pénétrer dans leurs bourgades. Les marches de cette province étaient occupées par des légions de jeunes gens du pays, par des bataillons de jeunes radis, qui offraient aux envahisseurs de toute espèce un rempart de volontaires turbulents et déterminés.

Je remarquai là des compagnies entières portant le bonnet rouge, et, malgré leur petite taille, menaçant d'emporter la

gueule, selon leur abominable expression, à tous ceux qui n'é-
taient pas habitués à jouer des mâchoires avec eux.

Comme j'arrivais auprès d'eux, je les vis ou crus les voir occupés à construire des barricades en torchis ou en pisé. Tout
dans leur attitude me parut révolutionnaire et menaçant.

XXIX

ANIMOSITÉ DES ROUGES ET DES BLANCS .

Non loin des actifs bataillons de radis rouges, une autre troupe de gaillards de la même espèce se tenaient dans une attitude non moins hostile, et semblaient regarder d'un air de défi leurs turbulents compatriotes.

Ceux-là étaient vêtus de blanc et cravatés de vert. Ils paraissaient, au premier abord, moins enragés que les rouges ; mais en observant de plus près leurs allures et leur attitude, je vis bien que pour la violence et la piquante âpreté, les radis blancs ne valaient pas mieux que les autres.

Bien que les deux partis semblassent prêts à en venir aux mains, je reconnus bientôt qu'une crainte commune ou un ordre supérieur les retenait forcément chacun dans leurs limites.

Peut-être avaient-ils peur que les étrangers, comme moi, par exemple, ne profitassent de leurs dissensions pour pénétrer sur leur territoire au milieu du désordre de leurs combats, et ne fissent main basse à la fois sur les rouges et sur les blancs. Mais ils se dédommageaient de cette contrainte en s'accablant réciproquement d'injures et de malédictions.

— Allez, rouges maudits, criait un gros radis blanc perché sur une motte de terre ; allez, radis de sang et de pillage, vous n'aurez ni nos terres, ni nos têtes blanches.

— Eh ! qu'est-ce que tu veux qu'on en fasse de ta tête ? hurlait un rouge ; elle est creuse.

— Je vous connais, reprenait le blanc, vous êtes tous un ramassis de fainéants et d'ivrognes.

Vous n'êtes bons qu'à vous griser avec la boisson que le Père éternel verse aux légumes, et lorsque cet excès vous a rendu la tête creuse, le guet du céleste empire des herbipèdes passe son temps à ramasser vos pareils dans la boue des ruisseaux.

— Et vous, répondait le rouge, vous n'êtes qu'un tas de valets toujours prêts à servir le maître qui vous promet nos engrais et nos citernes, mais les rouges se moquent de vous.

— Faites vos barricades, vociférait le blanc ; vous ne savez que jeter partout la désolation, le désordre et l'anarchie, sous prétexte de faire de la civilisation, du progrès et de la fraternité.

CHEZ LES RADIS

L'excès de boisson les faisaient chanceler et leur rendaient la tête creuse

CHEZ LES RADIS

C'est ainsi qu'ils prétendaient faire de la civilisation,
du progrès et de la fraternité.

— Nos barricades, beuglait le rouge qui me semblait être le chef de la bande, viens donc les prendre, radis du droit divin !

Et tous les petits radis rouges chantaient en chœur, en dansant une espèce de carmagnole :

> Zin boum, ran tan plan,
> Vivent les roug's, à bas les blancs!

Je fis un pas pour m'interposer, s'il était possible, dans la lutte que je croyais sur le point de s'engager entre les deux formidables partis ; mais aussitôt, en m'apercevant, les radis rouges oublièrent leurs querelles intestines pour ne plus songer qu'au danger dont ils supposaient, sans doute, que mon approche les menaçait, et la majeure partie des blancs eux-mêmes se disposèrent à prêter main-forte à leurs rivaux pour empêcher l'ennemi commun de pénétrer sur leurs terres.

— Allons, me dis-je, le sentiment de la nationalité et l'amour de la mère-patrie l'emportent, chez les uns et chez les autres, sur leurs rivalités intestines. Dieu veuille qu'il en soit de même parmi les hommes !

Malgré leurs préparatifs de défense, je continuais à m'approcher d'eux pour les détromper sur mes intentions et sur ma personne, et j'allais essayer de parlementer avec leurs postes avancés, lorsque l'empereur Cucurbitus, que je n'avais pas vu depuis longtemps, me frappa gaiement sur l'épaule ; me retourna en me prenant par le bras et me donnant trois petits coups secs et vifs sur le nez :

— Eh bien ? me dit-il.

Je ne répondis rien à cette vague interrogation, et je me frottai silencieusement la narine gauche qu'avait légèrement endommagée la dernière pichenette de l'empereur.

J'avoue que la touchante et honorable familiarité du grand monarque commençait à me choquer un peu tout en me flattant beaucoup. Et je commençais à reconnaître qu'on ne gagne absolument que des pichenettes à se frotter trop près des grands.

Il n'y prit pas garde et continua :

— L'air froidit, mes sujets triplent leurs gilets et leurs paletots ; l'aurore approche. Notre travail avance-t-il ?

— Voyez, sire !

— Allons, allons, dit-il, ça marche. Tu n'as plus qu'à visiter les gynécées, les vierges folles et les vierges sages, les bas-bleus, les savants, les auteurs, les journalistes, les docteurs et les doctoresses, et je te mènerai ensuite à l'hôtel de Cassarola toucher un à-compte sur tes appointements.

Il regarda et parcourut rapidement ma traduction.

— Fort bien, dit-il, je vois avec joie que mes sujets t'ont partout convenablement accueilli.

— Il n'en est pas de même en ce moment, dis-je en montrant les hargneux bonnets rouges qui semblaient me menacer.

— Bah! dit le roi, est-ce que ces drôles-là te font peur? Tu connais pourtant les gamins de Paris.

— Eh bien, qu'est-ce que cela prouve?

— Cela prouve que tu dois connaître les radis rouges; car gamin de Paris et radis rouge, c'est absolument la même chose.

— Bah!

— Batailleurs, de petite taille, rusés, piquants, mordants même, ils semblent, en ce moment, te regarder en matamores et mettre leur bonnet de travers à ton approche. Mais, ne te préoccupe pas de cette apparence hostile, car, pour te les rendre favorables, aborde-les avec du sel.

— Du sel attique, maître?

— Sans contredit, un mot plaisant, une drôlerie lancée à propos ont toujours suffi pour les désarmer dans leurs plus grandes colères. Après cela, tu n'aurais que du sel marin, ce serait absolument la même chose. Mais je vois avec plaisir qu'ils paraissent vivre en bonne intelligence avec les blancs : quel génie bienfaisant peut avoir opéré ce miracle?

Je racontai à l'empereur les furieuses discussions dont j'avais été témoin et l'apparente réconciliation qu'avait opérée mon approche.

— Bon, bon, dit-il, je les reconnais bien là, mais cette trêve ne durera guère. Ah! mon ami, qu'il est difficile de gouverner de pareilles têtes! Les blancs sont encore disciplinables, à cause de leur grande habitude de soumission et du respect traditionnel qu'ils ont pour tout ce qui les domine par la force; mais ces rouges, il n'y a pas moyen de les maintenir dans le repos.

— Pourriez-vous me dire, grand roi, quelle est l'origine de ces querelles?

— Je pourrais te le dire assurément, mon fils; mais ce récit serait bien fastidieux. Pourtant, je ne te cacherai pas que les blancs veulent rester les maîtres de l'empire des navets, sous prétexte qu'ils l'ont toujours été jusqu'à ce jour, et que les rouges prétendent, à leur tour, devenir les souverains arbitres de la province. Est-ce qu'on se dispute, est-ce qu'on se bat pour autre chose chez vous?

— Ma foi, non! répondis-je.

— L'empire n'appartient ni aux rouges ni aux blancs, dit une grosse voix enrouée qui s'élevait à nos pieds. Il appartient aux radis noirs, qui sont les seuls vieux de la vieille. Les blancs sont des pékins, et les rouges sont des infirmes

C'était un radis noir qui parlait ainsi.

J'examinai curieusement ce personnage : de nombreuses ci-
catrices tachetaient sa peau rude ; il avait cette aptitude roide
et empesée qui n'appartient qu'aux anciens militaires ; l'air légèrement hébété d'un vieux soldat dont l'intelligence ne s'est
jamais élevée plus haut que la formation du bataillon carré et
l'exercice de la charge en douze temps.

Ce vieux radis éclopé me faisait complétement l'effet de ces
invalides qu'on voit rôder autour de l'esplanade de leur hôtel,
en attendant l'heure militaire de la soupe.

— Voilà, me dit Cucurbitus, un troisième parti qui, ainsi que
tu le vois, entreprend de disputer la prédominance aux autres.
C'est le parti des Chauvins, ainsi nommé parce qu'ils ont généralement le front dégarni de feuillage.

— Et quels sont leurs titres ?

— Demande-le-lui !

J'adressai cette question au radis noir ; mais je ne pus jamais
en arracher d'autre réponse que cette phrase stéréotypée dans
son épaisse intelligence.

— Nous sommes les vieux de la vieille ; les blancs sont des
pékins, et les rouges sont des infirmes.

— Ce n'est guère concluant, fis-je observer à l'empereur.

— Bah! me répondit le monarque, en politique, il ne s'agit pas de prouver son droit par des raisons, mais par des horions.

Je m'inclinai devant la lucidité de cette remarque, qui mérite assurément d'être recueillie par la sagesse des nations.

— Du reste, continua Cucurbitus, ces radis noirs ont opéré une utile diversion aux désordres civils qui ruinaient cette partie de mes États. C'est à l'ingénieux Séminarista que revient le mérite de cette invention que j'ose qualifier de machiavélique.

— Comment cela, mon prince?

— Voici la chose, dit le souverain. Dans les premiers temps de la fondation de mon empire, les luttes des radis rouges et des radis blancs étaient si violentes, qu'elles semaient la désolation et la terreur dans toutes les provinces des alentours. Dès que ces enragés que j'avais eu l'imprudence de planter dans les mêmes carrefours, reconnurent leurs couleurs respectives, ils se soulevèrent les uns contre les autres, se heurtèrent avec fureur, se couvrirent de boue, se mirent à faire des amas de terre sous lesquels ils s'ensevelissaient mutuellement des quantités de partisans.

J'envoyai mon ministre de l'intérieur Rateau essayer de mettre de l'ordre dans ce camp d'Argonautes; mais la persuasion échoua. Quand Rateau voulait procéder à l'arrestation des plus turbulents, les compagnons des insurgés menacés se pressaient en masse autour d'eux, si bien qu'il fallait en arracher de la mêlée cinquante au lieu d'un.

Ces expéditions dépeuplaient mes États. Je dus donc renoncer à l'emploi de la force.

Voyant que Rateau n'était qu'une buse, je chargeai Séminarista d'intervenir. Je voulus voir s'il n'y aurait pas moyen de convertir ces cœurs si fermes et si âpres, en y semant des germes de conciliation.

Mon fidèle ministre de l'instruction publique commença d'abord par envoyer les plus mutins coloniser d'autres terres plus vastes. Mais mes gueux de radis ne voulurent pas s'acclimater. La transportation ne leur réussit pas, et ceux qui restaient n'en étaient que plus acharnés à reprendre leurs disputes séculaires.

Que fit alors Séminarista? Par une soudaine inspiration de génie, il envoya des radis noirs intervenir aux dépens des deux partis.

Ces compétiteurs nouveaux réussirent à calmer les fureurs des rouges et des blancs, par la terreur qu'ils inspiraient aux uns et aux autres.

Souvent même je les ai vus se coaliser pour s'opposer aux empiétements des Chauvins. Il est vrai qu'aussitôt après, leurs disputes recommençaient; mais j'ai remarqué qu'elles deviennent de moins en moins violentes, et les journalistes que je charge de recueillir chaque jour les événements qui se passent dans cette partie importante de mon empire, me font espérer que, bientôt, ces rapprochements successifs les amèneront à mieux se connaître, et peut-être bien même, à tomber tout à fait d'accord, au moyen de concessions réciproques.

Déjà, par un progrès que les philosophes ne sauraient trop apprécier, ils ont formé une ligue défensive et de bien public contre la férocité d'ennemis bien redoutables qui, autrefois, profitaient des désordres de leurs guerres pour les dévorer indistinctement ; et il n'est pas rare de voir rouges et blancs mêlés et confondus, organiser fraternellement de formidables lignes de défense contre les limaces brunes. Tout cela me fait espérer un accord prochain, et alors cette province si longtemps déchirée et dévastée par les discussions, deviendra l'une des plus florissantes de mon empire.

Je vis en effet de petits êtres gluants, revêtus de casaques grises d'hôpital, s'approcher en rampant des barricades et des lignes compactes formées par les radis rouges.

Ceux-ci arborèrent aussitôt le signal de détresse, et à l'instant même un fort parti de radis blancs se détacha, commandé par le gros compère à tête creuse qui avait si fort injurié les bonnets rouges quelques instants auparavant, et vint renforcer la ligne de défense formée par les démocrates contre l'ennemi commun.

— Oh ! m'écriai-je, touché de ce spectacle, si les radis voulaient enfin vivre en frères !

Quand je me retournai pour voir si Cucurbitus était quelque peu attendri par cette exclamation partie de mon cœur, je reconnus qu'il avait disparu.

J'aurais voulu pourtant savoir de lui quels étaient les journalistes dont il m'avait parlé tout à l'heure, et qui, disait-il, placés sur les frontières de ces petits politiques, sténographiaient les paroles et recueillaient leurs actions.

J'avisai, par bonheur, un gros radis noir qui avait l'air moins touché que les autres. C'était une espèce d'ermite ou de derviche, qui, plongé dans des réflexions pieuses, ressemblait, à s'y méprendre, à un encrier crotté.

Il me rappela la passe d'armes du roi Jean, où il est dit :

> Qu'un gros carme
> Chartrier
> Ait pour arme
> L'encrier !

Celui-ci outre-passait la condition. Au lieu de l'avoir pour arme, il avait l'encrier pour corps.

A sa mine hypocrite, à ses regards sournois, à l'apparence de feinte humilité et de fausse contrition qu'il se donnait, je reconnus l'analogie du jésuite, comme dans son frère éclopé j'avais reconnu le chauvin.

Comment jésuite et chauvin pouvaient-ils être nés de la même souche, et se prêter un mutuel appui pour un intérêt commun ?

Cette solution est au-dessus de mon intelligence. Que de plus habiles que moi la trouvent !

Quoi qu'il en fût, j'allai à lui pour en obtenir les renseignements dont me privait le départ précipité de Cucurbitus ; mais cette espèce de bedeau, cette face épaisse de sacristain me répondit d'un ton bourru :

— Profane, depuis que j'ai été au service du révérend père Rodin, depuis que j'ai été admis, pendant ses déjeuners, à l'honneur insigne du tête-à-tête avec ce saint homme, j'ai renoncé aux pompes de ce monde et ne sais plus rien des choses d'ici-bas.

Puis il me tourna le dos.

J'eus un instant l'envie de saisir le vieux cuistre par les cheveux, et de lui enlever par lanières l'étoffe de sa tunique noire en le pelant avec mon couteau. Mais le temps pressait. Je renonçai à cette vengeance, qui eût pourtant été si douce, et je passai mon chemin.

XXX

LA LITTÉRATURE EN HERBE

Je m'étais décidé à chercher sans guide les feuilletonistes dont l'empereur m'avait parlé.

La lune commençait à disparaître en rentrant dans les profondeurs de l'horizon, comme le plat de cuivre d'un barbier dans les flancs d'un dressoir.

Je tirai mon lorgnon, et me mis à chercher nos petits personnages.

Cette manière de les aborder leur parut, il faut le croire,

hautaine et insolente ; car j'entendis murmurer à mes pieds les têtes chevelues des persils, et je vis se hérisser les crinières de ces lions en miniature que nous nommons cerfeuils.

Étaient-ils excités en-dessous par leurs épouses les pimpre-nelles, si toutefois on peut donner le nom d'épouses aux pi-quantes et volages compagnes de ces insoucieux bohémiens, je le pense, d'autant plus que j'entendis à quelques pas les sar-riettes se plaindre aux thyms de ce qu'un étranger venait les lorgner aussi impudemment, pendant qu'elles étaient en train de se parfumer.

Où diable la pudeur va-t-elle se nicher !

— Ah ! ah ! pensai-je, voilà donc là les vrais rageurs.

Ce doivent être les écrivains cancaniers des petits journaux dont le monarque me parlait tout à l'heure.

Je me rappelai, en effet, que les littérateurs en herbe écri-vaient par petits fragments, jetaient des entre-filets, des pointes plus ou moins hasardées dans les feuilles publiques nommées salades ; qu'ils annonçaient les compositions savantes connues sous le titre général d'omelettes.

On les retrouvait partout, ne signant guère que du nom col-lectif de fines herbes, et avec raison, car ils ne travaillaient pas souvent selon leur conscience, mais bien selon leur intérêt, au

point qu'on les surprenait souvent en collaboration avec les ennemis acharnés de l'empire, donnant du ton à une gibelotte,
cette œuvre particulière au lapin, assaisonnant un civet de lièvre
ou une vinaigrette de ruminant.

Si leur moralité n'était pas grande, ils avaient tout au moins
de la verve, de l'entrain, du montant et du bouquet.

Comme je pouvais, du reste, les rencontrer à chaque pas de
ma carrière, et qu'il était fort possible que j'eusse aussi besoin,
un jour ou l'autre, de leur piquante collaboration, je résolus
de les prendre par la douceur, et je leur tins poliment le langage suivant, après avoir ôté mon chapeau :

— Jeunes gens de lettres, apprenez que je suis myope.

Si donc je me sers de mon lorgnon pour vous apercevoir,
tenez-vous pour certains que ce n'est ni par arrogance ni par
dédain, mais uniquement parce que je suis privé, pour le quart
d'heure, de toute espèce de loupe ou de lunettes.

Cette harangue fut généralement goûtée par ces jeunes che-
velus.

Ce que voyant, j'allais indéfiniment la prolonger en leur faveur au risque de perdre peut-être tout le bénéfice de ce sage
langage, comme tant d'autres orateurs qui ne savent jamais
s'arrêter à temps, lorsque je fus interrompu tout à coup par des
plaintes étouffées qui parvenaient à mes oreilles.

Ces plaintes provenaient en droite ligne d'une bourgade de salades située à trois marches de la province des navets, d'où je sortais à l'instant.

XXXI

Tremblement de terre au Pays des Salades

Je portai les yeux de ce côté, et ce que je vis me glaça d'épouvante.

La terre bondissait et tremblait par ondulations sous les pieds de ses malheureux habitants. Les infortunés, secoués par le terrible phénomène, tombaient les uns sur les autres, les pourpiers sur les laitues, les chicorées sur les romaines, les escarolles sur les cressons; les mâches s'accrochaient aux vénérables barbes blanches que nous nommons barbes de capucin.

Bref, la terreur était si grande au pays des salades, que personne ne songeait plus aux lois de la pudeur et de la bienséance.

Chaque salade cherchait son salut comme elle pouvait, sans s'inquiéter de ses jupes en désordre et de ses cottes sens dessus dessous retroussées, pour échapper aux laves de terre et de boue qui venaient recouvrir le sol.

Mais voici le plus lamentable épisode de cette effroyable scène :

Certaines folles dont on avait garotté les membres, des chicorées liées pour les empêcher de se livrer aux écarts d'un vagabondage échevelé, agitaient avec désespoir leurs liens et leurs camisoles de force, et l'âme remplie d'épouvante, faisaient des efforts désespérés pour échapper au fléau.

Leur affreuse position me rappela le fameux quadrille de mascarade où Charles VI, menacé par le feu, et lié à ses compagnons, acheva de perdre le peu de cervelle qui restait sous son crâne royal.

Dans ce jour de malheur, j'appris à connaître l'excellente nature des romaines que j'avais crues jusqu'ici simplement coquettes et jalouses.

Ah ! c'étaient bien là les descendantes de ces nobles filles qui entretenaient jadis le feu sacré dans l'empire de Romulus.

Vous me direz que les Vestales ne pouvaient avoir de descendantes, étant contraintes de rester demoiselles, sous peine de se voir enterrées vives, position désagréable pour une jeune personne de bonne maison.

Cette objection ne m'atteint pas.

Oui, c'étaient bien là les descendantes de ces douces beautés qui se sont perpétuées jusqu'à nos jours sous le nom de sœurs de charité, passant leur vie à verser sur les pauvres filles du peuple la rosée des bonnes œuvres et des bons exemples qui fait prospérer leur vie spirituelle.

Vous me direz encore qu'il est inconvenant de comparer aux Vestales et aux sœurs de charité les romaines frivoles et coureuses du royaume de Cucurbitus, bien plutôt semblables aux Romaines du Bas-Empire et aux lorettes de la Chaussée d'Antin.

Je répondrai à cette nouvelle critique par les simples vers de notre immortel Béranger :

> On est admis dans son empire,
> Pourvu qu'on ait séché des pleurs,
> Sous la couronne du martyre
> Ou sous des couronnes de fleurs.

Qu'avez-vous à dire à cela?

En ce moment, ces sensibles et charitables drôlesses s'employaient à secourir les victimes, à retenir les unes dans leur chute, à recevoir les autres dans leurs bras, et à épancher de leur joli petit cœur le baume des encouragements et des consolations.

Quand j'arrivai sur le lieu du désastre, une véritable chaîne de montagnes factices venait de surgir, et le soulèvement du sol continuait.

— Voyons, dis-je, jouons le rôle de Providence pour ces populations désolées ! ouvrons une issue à l'élément destructeur ; donnons jour à ce volcan dont le travail souterrain menace d'engloutir ce sol dans ses frénétiques convulsions ! que l'air, l'eau ou le feu jaillissent au lieu d'ébranler les bases de ce petit monde !

Et j'appliquai un vigoureux coup de talon de ma botte dans la dernière montagne, à l'instant précis où elle grandissait.

Quelle fut ma surprise ! un monstre noir et velu, atteint par ce coup formidable, alla rouler sans vie à quelques pas. Ce monstre était une taupe.

— Bravo ! s'écria quelqu'un derrière moi.

C'était Son Excellence le ministre de l'intérieur, cet imbécile de Rateau, que le grand Cucurbitus avait naguère qualifié de buse.

— Bravo ! répéta-t-il ; en voilà toujours une qui a mordu le sable. Voyez-vous, monsieur, ce sont ces monstres souterrains qui, malgré les machines de guerre et les contre-mines dirigées contre eux, ravagent ainsi nos contrées. C'est surtout quelque temps avant l'aube que ces bêtes malfaisantes commencent leurs déprédations, ainsi que vous venez d'en être témoin.

Elles vous soulèvent le terrain dans tous les sens, désarçonnant nos administrés, prenant les malheureux par les pieds pour les jeter bas et les ensevelir sous les ruines.

— En effet, Excellence, le sol semble avoir été labouré en cet endroit.

Rateau pansa les blessés, releva et raffermit ceux qui avaient été renversés, et ramassa les morts en essuyant une larme, ce qui me donna une haute idée de ce ministre bête, mais sensible.

— Pourquoi, demandai-je à cet homme d'État, avez-vous lié ces pauvres chicorées?

— Il le fallait, jeune homme, me répondit-il.

— Mais ne voyez-vous pas que, sans cette précaution, elles auraient pu éviter leur renversement en appuyant leurs membres sur le sol pour mieux résister?

— Eh! fit le ministre en haussant les épaules, qui pouvait deviner que les taupes choisiraient cette nuit la couche de ces folles pour y prendre leurs ébats? — On ne prévoit pas tout.

— Au contraire, lui dis-je émerveillé de cette remarque si judicieuse et si profonde, dont j'étais loin de le croire capable.

— Je puis même, continua-t-il, vous avouer en confidence que, quand on a l'honneur d'être ministre, on ne prévoit jamais rien.

— J'ai déjà eu occasion d'observer ce phénomène dans bien d'autres États que le vôtre, illustre Rateau.

— Vous voyez bien, riposta le diplomate.

— Mais tout cela ne me dit pas pourquoi vous avez lié ces malheureuses chicorées.

— Voici la chose, jeune historien. Elles ont subi ce traitement qui vous semble barbare, parce que leur style avait une verdeur et une dureté qui donnait des inquiétudes à l'empereur, mon auguste maître.

Ici Rateau éternua, suivant son habitude, puis il continua en ces termes :

— Le cœur de ces péronnelles devenait amer, et déversait le fiel dans les feuilles quotidiennes qui s'impriment et se timbrent aux bureaux de Cassarola.

— Quoi donc! m'écriai-je, est-ce que ce sont ici les femelles qui s'occupent de journalisme?

— Parfaitement, répondit-il ; nous sommes ici dans le carré des bas-bleus, et ce sont ces dames qui font la loi. Dans les feuilles périodiques que les salades livrent à la publicité, les mâles qu'elles admettent à l'honneur de collaborer avec elles n'ont pas même le droit de signer leurs œuvres. Les cerfeuils et

autres menus écrivains s'y cachent sous l'anonyme de fourni-
ture et d'assaisonnement. Du reste, si vous voulez étudier les
manières de nos autres lettrés, cela vous est facile ; ils logent
tout près d'ici, car vous vous trouvez dans l'athénée du potager
impérial, au **quartier latin des Racines**.

— En vérité ! m'écriai-je.

— C'est comme j'ai l'honneur de vous le dire.

Cette révélation me remplit de respect pour la terre sacrée
qui venait de trembler sous les efforts de la taupe.

Je contemplai quelque temps avec une muette émotion ce sol
chéri des muses.

— Pourvu, dis-je à Rateau, que de précieux manuscrits, des
ouvrages rares, des autographes recherchés n'aient pas péri
dans ce **regrettable sinistre** !

— Bah ! fit le ministre ; je m'en fiche.

Cette réponse m'attrista.

Mais, réfléchissant que Rateau n'était qu'une cruche, je fus
promptement consolé.

Pourtant je ne pus m'empêcher de lui tourner le dos avec un
air de mépris fort peu dissimulé.

Je ne sais s'il s'aperçut de ce manque de respect, mais il s'éloigna en sifflant avec une indifférence parfaitement calme.

Quant à moi, je repris le cours de mes savantes investigations dans le quartier lettré du royaume des Légumes.

XXXII

LITTÉRATURE ET FOURNITURE

Je me mis à flâner dans ces nouveaux jardins d'Académie, heureux de surprendre la littérature, la philosophie et la science sur le fait.

Je vis là des auteurs à parfums carrément tranchés, qui signaient parfaitement leurs œuvres.

Ainsi, l'estragon dont l'arome vigoureux soumettait jusqu'au vinaigre d'Orléans et le forçait à porter son empreinte et sa livrée, l'estragon fleurissait là auprès de la tomate aux fortes couleurs.

Cette commère rédigeait admirablement et avec un goût fin et relevé une revue nommée Sauce, où tout fragment neuf ou réchauffé pouvait agréablement trouver place.

On avait bien fait dans le temps quelques petits cancans sur son compte. Elle avait à lutter contre une horrible cabale qui lui refusait le droit de cité dans l'empire des Légumes, sous prétexte qu'elle appartenait bien plutôt au royaume des Fruits.

Mais la fermeté de cet énergique bas-bleu, jointe à la protection toute particulière dont la favorisait Cassarola, avait triomphé de toutes ces intrigues.

Alors on s'était vengé en attaquant ses mœurs. Les asperges avaient doucereusement insinué contre elle d'horribles calomnies; les artichauts, pour complaire aux asperges, l'avaient hautement vouée à la damnation éternelle, et les haricots, avec leur étourderie habituelle, avaient colporté ces vilaines rumeurs à l'oreille de tous leurs voisins, si bien que la pauvre tomate, quoique renommée pour la saveur de son style, passait généralement pour une personne très-dangereuse à fréquenter, et était généralement désignée, dans tout l'empire végétal, sous le nom de *Sapho* des légumes.

On connaît trop l'histoire de cette Grecque aussi infortunée que coupable, pour que je ne m'empresse pas de ne point la raconter aux lecteurs.

Plus loin, je rencontrai l'âpre et caustique piment, moitié

philosophe et moitié fou, qui ne parlait que de brûler les palais des gourmands, et d'emporter la langue des étourdis et des bavards.

Ce littérateur épicé passait ses jours à composer des satires cuisantes contre les muqueuses de son pays et de son temps.

J'appris de lui qu'il était né sous les feux des tropiques, c'est pourquoi, disait-il par un infâme calembour, on l'accusait d'être *trop piquant*.

C'était un créole de Cayenne, issu de l'ardente famille des épices et des poivres. Il avait apporté sous le climat du sombre boulevard parisien la fougue et la malice qui distinguent ses confrères de la zone torride.

Du reste, il faut bien le reconnaître, c'est un philosophe intègre, sobre, sévère, inaccessible à la corruption, dont il s'efforce sans cesse de prévenir, et souvent avec succès, ceux qui l'admettent dans leur intimité. Mais, comme tous les puritains, il a la manie de donner des leçons, et en donne souvent de cruelles.

Une, entre autres, va nous édifier sur la sévérité du piment.

Nous connaissons tous la lamentable et étonnante histoire du petit *Touche-à-Tout*, qui, victime de sa curiosité, tomba misérablement dans la soupe aux choux de sa maman, où il bouillit comme un navet, jusqu'à ce que mort s'ensuivit.

Eh bien, ce que l'on ignore, ce sont les efforts que le piment avait faits jadis pour ramener ce malheureux chérubin dans le sentier de la morale, de la discrétion et de la vertu.

Un jour, vers la fin d'un mois de septembre, **Piment-Rouge** montrait ses joues allongées par la pratique de la sagesse, et plus rougissantes encore que d'habitude.

Touche-à-Tout vient à passer et le regarde.

— Ah ! s'écrie-t-il, voilà des pommes d'apis !

Et d'y porter la main, et d'y porter la dent.

Mais Piment, qui l'attendait, changea en charbons ardents les lèvres et les gencives du jeune curieux. Ce n'est pas tout. Comme Touche-à-Tout souffrait cruellement, il se mit à pleurer suivant son habitude, et lâcha Piment-Rouge pour porter ses doigts à ses yeux. Aussitôt ses paupières devinrent brûlantes **comme du fer rougi.**

La leçon de morale était dure. Ah ! si Touche-à-Tout l'avait comprise ! ! !

En quittant Piment-Rouge, je vis s'approcher quelques individus de la tribu guerrière des aulx et des ognons. Les militaires quittaient momentanément Mars pour Apollon, et venaient, eux aussi, visiter les neuf sœurs, afin d'obtenir, si la chose était possible, une petite place sur l'Hélicon du saladier.

Espérons qu'elle leur fut accordée.

XXXIII

ÉTYMOLOGIE

De l'injurieuse exclamation

VIEILLE CHICORÉE !

Je l'ai souvent entendu dire à Toussenel, l'un des plus spirituels et des plus passionnés défenseurs des droits de la femme.

« Un fait prouve l'excellence et la bonté parfaite du cœur des femmes : c'est qu'arrivées à la vieillesse, elles ne complotent jamais l'égorgement du genre humain. »

Ce n'est amusant pour personne de se voir vieillir, aujourd'hui où les cheveux blancs ne possèdent pour toute distraction que les rhumatismes et les catarrhes, et où la laideur, profitant de la sottise, de l'immoralité et de l'intempérance humaines, s'empare des derniers lustres de notre vie.

Les hommes du moins se sont réservé des compensations pour cet âge désagréable. Les vieux règnent et gouvernent à tous les échelons de notre société, et tendent des piéges à la jeunesse, à la beauté et à la force. C'est un grand dédommagement.

Mais les femmes, auxquelles on n'a permis de régner que par la fraîcheur, l'éclat et la grâce, les femmes tombent, en perdant ces fragiles trésors, dans un abîme de dédain et d'abandon à peine voilé pour quelques-unes par des respects ironiques et des marques de vénération impossibles à supporter.

A cet âge désastreux, celles qui ont contracté l'habitude d'écouter aux portes, s'entendent plus d'une fois appliquer cette épithète à la fois végétale et malhonnête : — *Vieille chicorée !*

J'ai bien souvent désiré savoir ce qui valait à ce légume frisé l'honneur, — si honneur il y a, — de cette comparaison. J'ai interrogé à cet égard les auteurs les plus vénérés et les professeurs les plus fameux. Mais, auteurs et professeurs sont si outrageusement ignorants, que cette question était toujours restée sans réponse.

La science seule de l'analogie et les commentaires de Cucurbitus pouvaient résoudre ce problème. La science et les commentaires se sont empressés de satisfaire ma légitime curiosité à la première réquisition.

Voici la solution qu'ils m'ont apportée.

Ici le lecteur est instamment prié, voire même sommé au besoin, de se rappeler le lamentable épisode du tremblement de terre pendant lequel de malheureuses chicorées se débattaient dans les liens beaucoup trop étroits dont on les avait garrottées, pour cause ou pour soupçon de folie, et cherchaient vainement à échapper au fléau qui les surprenait en ce déplorable état.

Ces citoyennes avaient donc un excès de vie, un côté enthousiaste, une facilité d'exaltation qui, aux yeux bornés des ministres de l'empereur des Légumipèdes, et même aux regards parfois obtus de ce monarque, si remarquable sous tant d'autres rapports, les faisaient passer souvent pour atteintes d'aliénation mentale.

En conséquence, les butors, — je parle seulement des ministres, — se permettaient non-seulement d'insulter à ces facultés des âmes d'élite, mais ils étouffaient sous les douches et comprimaient dans les camisoles de force ces éminentes qualités qu'ils ne comprenaient pas.

Voici donc déjà un petit point acquis à la science.

Cette expression injurieuse de « vieille chicorée » a pour premier synonyme : — *vieille folle !*

Nous avons vu plus haut ces mêmes héroïnes entourées de jeunes feuilletonistes écervelés, ébouriffés et frisés jusqu'aux talons, avec lesquels elles se plaisaient à collaborer, — en tout bien tout honneur, j'aime à le croire, — et dont elles employaient la saveur et la verve naissante à parer leurs propres feuilles, remplissant ainsi, faute de mieux, le rôle de bas-bleu, et faisant des éducations.

Mais ce n'est pas tout : les salades surannées se livrent encore à bien d'autres fonctions non moins utiles et encore plus humanitaires.

Lorsque leur épiderme se durcit et se ride, lorsque leurs appas deviennent par trop échevelés, lorsque leur cœur se bronze, elles tournent l'activité de leur esprit à l'invention des recettes médicales, et apprenent les remèdes de vieille femme auprès des épinards, de l'oseille et des laitues sur le retour.

Or, vous savez de quel nom l'espèce humaine, engeance malfaisante, ingrate et cruelle s'il en fut jamais, s'est plu de tout temps à affubler les bonnes vieilles qui recherchent les secrets de la nature pour les appliquer au soulagement de leurs semblables.

Un second et dernier point reste donc également acquis à la science dont j'ai parlé tout à l'heure.

Vieille chicorée signifie encore : *vieille sorcière !*

C'est ainsi que les hommes poursuivent sans pitié ce sexe enchanteur jusque dans les derniers efforts qu'il tente pour secourir l'humanité.

En ce moment, j'avais devant les yeux une sorte d'officine d'apothicaire, où je vis les diverses sœurs de la santé occupées à préparer leurs sucs sous la direction savante du cresson alénois, reçu depuis si longtemps docteur en médecine.

Les épinards disposaient leurs feuilles longuement taillées pour recevoir l'impression d'un petit traité d'hygiène de l'estomac, qu'ils avaient composé en collaboration du cresson de fontaine, vulgairement appelé la santé du corps.

Pendant ce temps-là, l'oseille parlait avec onction de la liberté du ventre à un groupe de vieilles commères, qui écoutaient gravement ses sages conseils ; et les laitues fabriquaient silencieusement un lait virginal pour raffermir la peau et rafraîchir le teint.

— Mesdames, dis-je à ces dernières, je suis bien aise de vous apprendre, quoique j'aime à croire que vous ne l'ignorez pas, que les concombres vous font une rude concurrence dans le monde.

— Les concombres ! me répondit d'un air méprisant la doyenne des laitues, ne nous parlez pas de ces polissons–là. Les concombres sont d'effrontés charlatans avec leur pommade écœurante.

Les concombres ne sont bons qu'à être passés au vinaigre.

Mais je ne m'étonne pas que les hommes prennent ainsi contre de sages matrones le parti des cornichons.

Qui se ressemble s'assemble. Dis-moi qui tu hantes, je te dirai qui tu es...

— Mais, vénérable dame, me hâtai-je de dire, pour rompre le cours de ce torrent de proverbes dont je me voyais menacé, je n'ai pas la prétention de ravaler vos produits au bénéfice du concombre, avec lequel je n'ai aucune espèce d'affinité, ainsi que je vous prie de le croire.

Ce que j'en disais était simplement pour m'éclairer sur la valeur respective de vos médicaments. Mais du moment que vous m'affirmez que le concombre n'est qu'un intrigant réellement dénué de toute espèce de vertu...

— Nous en sommes sûres, dit une oseille.

— N'en parlons plus, grand'maman, dit une toute jeune salade, en embrassant de ses petites feuilles la vieille laitue, qui grondait encore et se disposait sans doute à m'infliger quelque nouveau proverbe pour me punir de ma témérité.

La vieillesse est radoteuse ; c'est là son moindre défaut.

Seul le cresson alénois m'avait paru garder un silence significatif pendant ce petit débat pharmaceutique.

Je l'observais avec attention, et son sourire malin me semblait dissimuler beaucoup de choses à l'endroit de son opinion sur le mérite respectif de la laitue et du concombre.

Je mis en jeu toute mon habitude observatrice.

Je cherchai à découvrir, à l'aide du moindre indice de sa physionomie, le secret de sa pensée; mais je n'y pus réussir.

Enfin j'allais lui adresser la parole, déterminé à lui demander franchement son avis, lorsque, secouant et brossant son habit à paillettes de laiton, il prévint mes questions et me dit :

— Je vois que vous avez l'intention de m'interroger, mon cher monsieur; mais je n'ai pas le temps de vous répondre.

Je suis pressé d'arriver à un congrès scientifique qui doit se tenir avant que la première lumière blanche de l'aube ait effacé quelques milliers d'étoiles au ciel.

La question à l'ordre du jour est de la plus haute importance.

Serviteur donc, et au plaisir de vous revoir !

Et je restai tout ébahi.

— Ah ! petit pédant, pensai-je.

Nous allons bien voir où tu vas pencher ta tige d'allumette.

Je saurai bien sans toi ce qui se passera chez les docteurs herbus de ton pays.

XXXIV

CONGRÈS SCIENTIFIQUE

DES

LÉGUMES SAVANTS

Ce petit pédant de cresson alénois s'en allait donc à un congrès scientifique.

Certes, si je n'eusse pas été habitué à ne m'étonner de rien depuis que j'avais mis le pied dans ce remarquable empire, c'était le cas ou jamais de hurler de surprise et de crier à l'impossible !

Mais j'étais devenu familier avec les bizarreries les plus compliquées des sujets de Cucurbitus.

La connaissance de plus en plus profonde que j'en avais faite avait amené pour eux dans mon esprit une estime proportionnelle. Je dois même dire que si je ne les regardais pas encore comme mes maîtres en toutes choses, je voyais déjà en eux des concurrents sérieux et des égaux.

Aussi, quoique cette annonce d'une réunion officielle de légumes savants appliquât un nouveau coup d'aiguillon à ma curiosité, je me gardai bien de hurler et de crier, ainsi que je l'ai dit plus haut.

Je commençai par dérouler les notes recueillies par Sa Majesté, afin d'y voir jusqu'à quel point les assertions de mon cresson étaient fondées.

Voici ce que je trouvai en toutes lettres dans ces précieux commentaires :

« Quelle humiliation pour notre intelligence, à laquelle Dieu donna jadis, nous avons du moins le toupet de le prétendre, la terre et toutes ses créatures à gouverner !

» Quelle tuile sur notre amour-propre ! quel avertissement pour notre orgueil !

» Depuis six douzaines de siècles, l'humanité travaille à agrandir le champ de ses découvertes scientifiques, et aujourd'hui encore, c'est à peine si ses connaissances en ce genre égalent celles que possèdent de temps immémorial les tribus errantes que je suis parvenu à rassembler aux environs du boulevard Noir.

» Citons-en deux exemples :

» Franklin, le grand Franklin était encore enseveli sous les mystérieuses enveloppes d'une série d'aïeux, et déjà le laurier, qui collabore avec les légumes dans les différentes revues si connues sous le nom de sauces, oui, déjà le laurier, cet ami intime du thym et du persil, avait inventé le paratonnerre.

» A Rome, et dans l'ancienne Grèce, on avait constaté, à des époques fabuleusement éloignées de nous, que ce végétal policé et instruit, au caractère droit et élevé, n'avait jamais été frappé par les carreaux de Jupin.

» Et MM. de Montgolfier, et Godard, et Poitevin, qu'étaient-ils au temps où, pour la première fois, le pissenlit sagace et chercheur imagina de confier aux airs, dans des aérostats à hélice, sa nombreuse postérité dont le voisinage eût gêné son propre développement.

» Combien de siècles s'écouleront-ils encore avant que l'on voie les hommes expédier en ballons des essaims colonisateurs sur les terres incultes?

» Parlerai-je de la carotte? Pourquoi n'en parlerais-je pas?

La carotte, aux mille déguisements, aux industries innombrables, aux ruses infinies, aux roueries sans nombre!

» La carotte, qui prend tour à tour le loyal pantalon garance pour faire croire à sa probité ; la perruque frisée à haut toupet pour propager la croyance à la graisse d'ours et à la pommade du lion; l'apparence rebondie du navet, pour se donner un air de travailleur; la longueur filiforme du salsifis, afin qu'on la confonde avec ce vénérable compagnon des solitaires de la Thébaïde.

» La carotte, qui emprunte au besoin la candeur naïve de l'enfance, pour extirper les pièces de cent sous aux papas et aux mamans, aux grands-pères et aux grand'mères, aux oncles et aux tantes, aux parrains et aux marraines, sous prétexte de bouquets de fête ou de compliments de bonne année...

» La carotte!... ah! certes, celle-ci a surpassé tous les tours inventés par les cervelles humaines industrielles ou artistiques, civiles ou militaires, profanes ou sacrées.

» La carotte en détail, la carotte en gros, la carotte mutilée, la carotte complète... La carotte gouvernementale, la carotte financière...combien de gens n'a-t-elle pas trompés! Dans combien de palais ne s'est-elle pas introduite, portant avec elle de la crême, de la graisse, du beurre, du bouillon, ou mille autres marchandises qui lui donnaient un crédit factice et attrapaient les bonnes gens, consommateurs ou actionnaires!

CAROTTE DOMESTIQUE

» La carotte est le plus savant, le plus floueur, le plus ingénieux des sujets de mon empire, celui dont les hommes ont le
plus copié les allures et les mœurs, depuis la cuisinière qui va
au marché faire danser l'anse du panier au profit de son pom-
pier ou de son voltigeur, jusqu'au ministre qui fait sauter le
budget au profit de ses créatures, de ses bâtards ou de ses maîtresses; depuis le tambour de la garde nationale qui, la main
au shako, vous convie à jeter des pièces blanches sur sa peau
d'âne, jusqu'au général en chef qui fait chanter des *Te Deum*
pour ses victoires qu'il n'a remportées que dans ses bulletins...

» La carotte! la carotte!... »

Voyant que le sublime empereur n'en finissait pas avec ses
carottes, je fermai sa liasse, afin de ne pas manquer la séance
où devaient figurer ces illustres inventeurs.

En lisant le dernier fragment, j'étais justement arrivé aux
portes de ce légumineux Athénée.

On achevait une invocation au soleil, qui est le Saint-Esprit
de l'endroit, et quelques cardons en habits consacrés secouaient,
sur la docte assemblée, les derniers coups de goupillon.

Or, au moment où j'allais mettre sous mon bras les manuscrits
du prince, une aigrette soyeuse, blanche et fine vint tomber sur
la première feuille.

Je saisis ma loupe, et je vis distinctement que c'était une des curieuses machines aérostatiques dont parlaient les commentaires.

Rien n'était plus finement découpé, plus délié, et plus léger que cette œuvre du simple pissenlit.

L'appareil représentait une étoile aux nombreux rayons, servant d'ailes pour recevoir le vent. La nacelle était placée avec tant d'art, que le fragment d'hélice servant à l'entraîner dans les airs faisait, au moment de la descente l'office d'un parachute à l'abri de tout choc et de tout événement.

Cependant, le laurier qui assistait à cette séance, malgré sa qualité d'arbuste, ce **qui** prouve bien que les savants sont de tous les pays, et ne participent nullement aux mesquines chauvineries et aux petites passions politiques, non plus qu'aux haines nationales de leurs stupides compatriotes, le laurier, dis-je, à la prière de l'inventeur dont j'admirais l'œuvre avec tant de ferveur, me frappa à la tête comme l'aurait fait un moniteur de Laputa, l'un des pays trouvés par Gulliver, et me dit d'un ton assez ferme, quoique extrêmement poli :

— Animal, quand auras-tu fini de bayer ici aux corneilles?

— Quand il plaira à Vos Seigneuries, répondis-je avec humilité.

Cette réponse satisfit le laurier.

CHEZ LES RADIS

On l'appelait honnête et modéré.

— Roule donc ta bosse ou prends un siége, poursuivit-il ; ne vois-tu pas, bélître, que tu gênes nos travaux, et que, dans cette posture exagérée, tu contraries les courants atmosphériques, et empêches complétement nos expériences sur la direction des vents !

On comprend que je ne me le fis pas dire deux fois.

— A vos ordres, illustre docteur ! m'écriai-je.

Et rejetant à l'air libre le petit convoi arrêté dans mes feuillets, je m'étendis sur le ventre, les yeux et les oreilles dressés en batterie sur la savante Académie.

La question qui s'agitait en ce moment était les travaux ingénieux de la betterave sur la fabrication du sucre.

C'était la betterave elle-même qui portait la parole.

— Souffrirons-nous plus longtemps, disait-elle, qu'une espèce de rotin étranger, qu'une canne délicate, frileuse et fantasque, qu'il faut, passez-moi le mot, élever dans du coton, fournisse le sucre dont notre empire peut avoir besoin pour sa consommation tant générale que particulière ? (*Murmures d'approbation.*)

Voyons, poursuit la betterave, j'en appelle aux pois verts et aux épinards. Se sont-ils aperçus de la différence des deux produits ? Le sucre de ma fabrique a-t-il fait moins bon effet au milieu d'eux que celui de cette aristocrate à esclaves qui ne pousse et ne mûrit qu'à l'aide du fouet honnête et modéré des radis blancs ? (*Profonde sensation.*)

— Certainement, s'écrient de loin les citrouilles qui n'avaient pas eu l'honneur d'être interpellées; nous nous sommes très-bien aperçues de la différence.

A cette intervention évidemment malintentionnée, la betterave rougit considérablement, de jaune qu'elle était en commençant son *speech*. La colère lui montait à la tête; elle allait s'exhaler en injures, lorsqu'un jeune pois galant et de bon goût s'écria :

— Oui, sans doute, nous nous en sommes aperçus, et grandement encore.

Ici les patriotes de l'assemblée firent entendre de légers grognements, et la betterave commença à écumer.

— Mais, reprit le spirituel lupin, si nous avons reconnu une différence entre ces deux *douceurs* (*style commercial*), c'est au détriment de ce bâton d'Amérique, au grand préjudice de cette canne d'Inde qui n'a ni appas ni taille, et qui fait invariablement à tous les amis du progrès l'effet d'une gaule à abattre les pommes.

Cette saillie mit l'assemblée en belle humeur.

Après un mot d'hésitation des épinards à cette opinion conciliante, on vota, à l'unanimité, la prise en considération.

J'ai oublié de dire que le président était une carotte d'assez belle apparence, portant une cravate verte et une robe jaune pâle, comme un docteur de quelque faculté de l'Académie de Paris.

Le vote parut le surprendre. Il dit qu'il tenait d'un de ses parents, carotte comme lui, un Mémoire sur le même sujet, où celui-ci réclamait la priorité de l'invention.

—- Non-seulement, messieurs, ajouta-t-il, mon parent, carotte longue, fait du sucre ; mais il le casse et le débite avec des poids et mesures inventés par lui. Il fait plus, messieurs, il tient de l'alcool et de l'eau-de-vie qui l'emporte sur celle de Cognac. Bien plus encore, il la distille et la coupe d'eau de pluie à la fantaisie et pour la santé du consommateur.

Quand elle se trouve trop faible après avoir été ainsi coupée, il y fait infuser quelques grains de notre honorable ami Piment-Rouge, ce qui lui rend aussitôt de la force et de la vigueur.

Ce petit plaidoyer de famille fut interrompu par un murmure général.

La betterave reprenait son air fâché, mais le lupin arrangea tout par un bon mot.

— C'est une carotte, dit-il.

L'assemblée applaudit en riant.

Le président, cousin de l'auteur du Mémoire, ne se déconcerta pas.

Il remit l'œuvre de son parent à une chenille arpenteur qui servait de secrétaire, et rappela l'ordre du jour comme s'il ne se fût passé rien de désagréable pour lui.

Que de corps savants et autres n'ont à leur tête qu'une carotte !

XXXV

TRIBULATIONS DE LA POMME DE TERRE

Cet aplomb du président à faire audacieusement du népotisme, et à soutenir les carottes ses estimables parents, sans se troubler lorsqu'on découvrait sa consanguinité avec ces effrontés hâbleurs, m'avait vivement intéressé.

Je réfléchissais à la réputation et au succès qu'obtenaient généralement les individus de cette nombreuse famille dans les masses où leur fréquentation passait pour agréable et hygiénique, malgré des expériences toujours douteuses, et bien qu'ils ne se fussent jamais, de mémoire de racine, présentés au naturel, comme le radis où la pomme de terre.

— Il en est donc, pensais-je, chez les légumes comme dans notre espèce, ce sont toujours les habiles qui parviennent.

Après cette réflexion aussi sensée que philosophique, je me tournai vers une pomme de terre qui ruminait auprès de moi, et je la priai de m'expliquer quels étaient les titres qui avaient valu à la carotte trônant au bureau du congrès l'honneur de présider d'aussi honorables représentants de la science.

— Ce gros pied de carotte est reçu docteur, me répondit le philanthrope tuberculeux : il a soutenu autrefois une thèse qui a encore du succès aujourd'hui, bien que, pour ma part, je la trouve absurde. Il y traitait des maladies de foie, et particulièrement de la jaunisse, et prétendait avoir seul le droit de guérir cette dernière maladie, qui donne à vos semblables la couleur du serin.

— Et de quelles preuves appuyait-il cette prétention? demandai-je.

— D'aucune, me répondit la pomme de terre; si ce n'est de cette belle raison qu'il était lui-même jaune foncé de sa couleur.

— Le motif était en effet un peu risqué, dis-je, à mon alchimiste américain. Pourtant il n'est pas sans exemple dans notre monde. J'ai connu des gens qui prétendaient guérir leurs semblables des atteintes du diable, sous prétexte qu'ils étaient, comme cet ange rebelle, laids, sournois et vêtus de noir.

Cette petite conversation sur le charlatanisme de la carotte mit en belle humeur un céleri fort gaillard qui se trouvait auprès de nous.

Ce joyeux personnage était voltairien et sensualiste, et ma petite pointe sur les gens qui chassent le diable l'égaya beaucoup.

Il devait sa présence officielle au congrès à sa prétention, à peu près justifiée, du reste, de fabriquer un aphrodisiaque qui excite les forces et réjouit les sens, sans avoir les fâcheuses conséquences des stimulants de même nature empruntés aux insectes et aux minéraux.

En ce moment, un topinambour géant agitait son grand corps disproportionné et gesticulait gauchement en développant devant la docte assemblée un système à lui sur l'engraissement du bétail, avec des tubercules de sa façon.

Il faut croire que son discours n'intéressait pas très-vivement mon voisin le céleri, peu soucieux, comme on doit bien le penser, du développement de la race bovine ; car, me tirant sans façon par la boutonnière, il m'éloigna de quelques pas, et me montrant d'un air de pitié le tubercule qui venait de me renseigner sur le président :

— Ne le faites pas trop causer, seigneur, me dit-il, regardez sa mine, voyez cette tenue molle et affaiblie ; le pauvre diable est malade.

— Comment cela, malade ! Est-ce qu'il y a aussi des malades parmi vous ?

— Que trop, seigneur historiographe, que trop.

— Bah !

— Il y a des années où l'hydropisie, l'éléphantiasis et la gangrène font parmi nous d'affreux ravages.

— En vérité !

— Il y en a d'autres où l'on meurt en foule de phthisie, de sécheresse et de consomption.

— Pas possible !

— De plus, en tous temps, la vermine nous dévore, quelques précautions qu'on emploie pour s'en préserver. Les pucerons verts et les pucerons noirs s'acharnent sur nos chevelures, ainsi que sur toutes les parties tendres de notre épiderme, et nous sucent jusqu'au sang.

— Ah ! les monstres ! c'est comme nos banquiers.

— Nous sommes sujets aux vers blancs, qui nous rongent le cœur, sans compter les vers rouges qui se logent dans nos jambes et les sapent d'une cruelle façon, maladie fort connue des nègres de Guinée et de la Sénégambie.

—En sorte que ces vers rouges vous rendent malheureux comme des nègres.

— C'est vous qui l'avez dit, spirituel étranger.

— Mais, de toutes ces maladies, quelle est celle qui rend cette pauvre pomme de terre si malade?

—Aucune, répondit le céleri

—Eh bien ! alors...

— Alors, c'en est une autre.

— Ce raisonnement me semble assez juste.

Quelle est cette autre, voilà la question, comme disent les Anglais, quand ils parlent français.

—Sa maladie est toute morale, reprit le céleri protecteur des amours.

La pomme de terre ne doit cette affection qu'aux chagrins sans nombre et aux avanies de toute nature dont l'ont abreuvée les savants, avant d'accepter les trésors substantiels qu'elle préparait chaque nuit dans ses creusets de couleur brune, eux qui acceptèrent avec tant de précipitation et de légèreté les infâmes tablettes de colle si tristement connues dans les hôpitaux des hommes et dans les niches des chiens sous le nom de gélatine Darcet.

— Les savants sont des cuistres, m'écriai-je dans un bouillant transport d'indignation.

— A qui le dites-vous? exclama le céleri.

Puis l'inventeur de l'aphrodisiaque végétal me fit une courte mais touchante monographie de son malheureux collègue.

— Ce tubercule était arrivé, me dit-il, dans nos pays depuis environ cent cinquante ans, avec une santé de fer et une grande envie d'être utile au vieux continent.

Il demandait pour prospérer qu'on lui abandonnât seulement les friches, les terres maigres, les lieux sujets à la sécheresse et les champs qu'on voudrait faire reposer.

Cet humble et vénérable philanthrope avait fait la traversée en compagnie de la luzerne, bonne fille comme lui, qui avait de grandes dispositions pour l'éducation du bétail, et n'attendit guère avant d'être employée.

Quant à lui, qui apportait l'abondance dans un siècle de famine, on commença par le dédaigner, par feindre de ne pas l'apercevoir, malgré les démarches et les sollicitations de Parmentier, qu'il avait amené avec lui d'Amérique pour lui servir de cornac sur la terre étrangère.

—Pardon, fis-je observer au céleri ; j'avais toujours entendu dire que c'était Parmentier qui avait apporté la pomme de terre.

— C'est l'orgueil humain qui prétend cela, répondit le céleri; ce qu'il y a de positif, c'est que c'est la pomme de terre qui a ramené Parmentier. C'est tout entier inséré dans nos annales; mais voilà comme on écrit l'histoire!

— Continuez, dis-je au céleri; je ne vous chicanerai pas pour si peu.

Et le céleri continua :

— Mais ce n'était pas une plante vénéneuse, capable d'empuantir le nez et le palais comme la nicotiane, vulgairement appelée tabac, si habile à dégrader le goût et l'odorat.

Pauvre pomme de terre, que ne venait-elle déchirer le gosier comme le poivre, donner des nausées comme la moutarde, ou brûler le gosier comme le piment!... Son affaire était faite.

On la recevait à bras ouverts, et les portes de notre congrès s'ouvraient tout au large pour elle. Mais le nouveau venu prétendait être sérieusement utile, on devait naturellement le traiter avec mépris. A la fin pourtant, la pomme de terre fit tant d'efforts pour se faire remarquer, que le complot du silence ne fut plus possible. Alors on la repoussa hautement au nom de la morale et des intérêts sociaux.

Le cardon clérical fulmina contre elle une excommunication foudroyante.

Les docteurs en crédit, carottes, épinards, cresson, etc., rédigèrent un rapport virulent qui émut le grand conseil de notre illustre empereur ; et l'on proclama dans tout le royaume, à son de trompe d'ognon, interdiction formelle de faire quelque commerce que ce fût avec le philosophe étranger.

— Parbleu, dis-je au céleri, c'est notre propre histoire que vous me contez là. Seulement, en France, le parlement finit par casser l'arrêt injustement porté par lui contre ce précieux tubercule sur les dénonciations calomnieuses de la Faculté de médecine de Paris.

Ce qui prouve bien que, dans tous les temps, nos grands docteurs n'ont guère mieux valu que vos carottes.

— Cette tardive réparation,. dit le céleri, la pomme de terre l'a également obtenue chez nous. Vous la voyez, en effet, dans cette réunion académique, siégeant en qualité de membre farineux, saccharin et spiritueux.

— Je suis heureux de voir que vous lui avez rendu justice.

— Je ne dis pas le contraire, poursuivit le légume cher aux amants ; mais ses longues persécutions l'avaient atteinte au cœur, et depuis longtemps elle portait le germe de la maladie de consomption et du cryptogame cancéreux qui la rongent.

— Ses confrères ne tenteront-ils donc rien pour la conserver?

— Oh! que si, sacrédié, reprit vivement le céleri ; oh! que si. L'abandonnassent-ils tous, d'ailleurs, que moi je suffis pour la sauver.

-- Voilà, me dis-je à part moi, un gaillard qui ne manque pas de confiance en soi-même.

— Qu'on lui donne, continua-t-il, de la distraction, du soleil, et surtout un bon aphrodisiaque.

— Prenez mon ours ! fis-je en éclatant de rire.

— Ne riez pas, s'écria-t-il ; je déclare que, si on pouvait lui inspirer la joyeuse idée de faire graine, ses descendants naîtraient aussi sains que vigoureux.

Par ma foi, ce petit drôle de céleri avait complétement raison, et venait très-adroitement de mettre le doigt sur le vrai remède.

Qu'on force la pomme de terre à se reproduire de semence et à utiliser ses graines, procédé dont elle a perdu complétement l'usage, depuis son arrivée parmi nous, et elle est à jamais sauvée.

Mais il nous restera toujours à déplorer le triste sort du chef de cette race utile et plantureuse, forcé, comme tous les inventeurs de voir sa santé ruinée et son corps miné par les chagrins avant d'arriver à son but.

Je quittai le céleri, et repris le cours de mes réflexions particulières.

XXXVI

UN MINISTRE COMME IL Y EN A BEAUCOUP

Une chose me chagrinait : c'était de n'avoir pas vu à ce congrès quelqu'un qui fût plus habitué que moi au langage sourd, entrecoupé et nasal des légumes savants, capable, enfin, de reproduire pour la postérité la plus reculée tous les détails de ces doctes entretiens, toutes les figures de ces remarquables harangues.

J'exprimais à voix haute ce regret, dépourvu de tout intérêt personnel, lorsque Cassarola se dressa à mes côtés. Ce ministre des finances se tenait couché sur le sol dans un carrick terreux, qui m'avait empêché complétement de l'apercevoir.

— Je ne comprends pas le cas, non mignon, ne dit-il à télégramme ce discours n'est familier, et en ... jeune ... elle.

Les procès-verbaux me ... rédige le ses intéressantes séances et tiennent miennes.

... cœur ... dit, et le ... guère, et en présenter ... aussi complet que possible.

— Les miennes n'... mais jusqu'à présent, j'avais pensé que ... communiquait à une ... le ... aux ..., ... nullement à un procès-verbal.

— Il ... jeune étranger, répondit ... fonctionnaire : c'est tout ... nullement de ce genre que les sujets de ... ... connaître ... résultat de leurs découvertes et le perfectionnement de leur ...

— Et malheureusement, ... mes souvenirs ne servent rien. C'est encore à ... ... comme ... importe à ... sorte ... de rédaction.

— Naturellement, ... élu préside, comme il tiens ... être ...

— C'est ...

— Je le dis ... répondit Lissarola, ... lieu que ...

— Ne te préoccupe pas de cela, mon mignon, me dit-il; la sténographie de ces discours m'est familière, et je m'en occupe avec zèle.

Les procès-verbaux que je rédige de ces intéressantes séances se nomment juliennes.

Si le cœur t'en dit, je ne tarderai guère à t'en présenter un aussi complet que possible.

— Une julienne! m'écriai-je; mais jusqu'à présent, j'avais pensé que ce nom s'appliquait à une espèce de soupe aux légumes, et nullement à un procès-verbal.

— Tu y es, jeune étranger, répondit ce haut fonctionnaire; c'est dans les bulletins de ce genre que les sujets de Cucurbitus font connaître le dernier résultat de leurs découvertes et le perfectionnement de leur bon goût.

— Et malheureusement, si mes souvenirs me servent bien, c'est encore la carotte qui domine là, et apporte la plus forte part de rédaction.

— Naturellement, puisqu'elle préside, comme tu viens d'en être témoin.

— C'est fâcheux.

— Je ne dis pas non, répondit Cassarola, car Dieu sait le

nombre des bourdes dont ces charlatans patentés émaillent leurs mémoires ; mais peut-être que ces *fa-tutto*-là sont nécessaires pour exciter l'ambition des modestes, et accomplir les petites turpitudes indispensables dans tout gouvernement à peu près civilisé, telles que passe-droits, intrigues, fonctions accordées à la faveur au détriment du mérite, statistiques complaisantes, rapports académiques contre les brouillons qui osent parler de la misère des masses, et autres services que les corps de savants officiels s'empressent de rendre aux pouvoirs qui les pensionnent, toutes choses dont des êtres doués d'une conscience plus délicate que la carotte répugneraient à se charger.

— Ah ! ah ! m'écriai-je.

— En tous cas, reprit Cassarola, tant que la carotte trônera au comptoir, à l'Académie, dans l'Église, à l'armée, etc., il est de bonne politique d'honorer la carotte.

Le jour où elle aura perdu son crédit, sois tranquille, je ne serai pas le dernier à la repousser du pied.

En attendant, nous faisons de trop bonnes affaires avec elle ; l'erreur populaire qui la favorise nous rapporte de trop copieux pots-de-vin, pour que nous ne nous empressions pas de l'accueillir et de la protéger.

— Cassarola, lui dis-je, si jamais je deviens dans le monde des hommes roi constitutionnel ou président d'une république tant soit peu modérée, je suis capable de vous mettre à la tête de mon cabinet.

— Et vous ferez bigrement bien, me répondit en s'éloignant ce professeur de dépravation politique.

XXXVII

LE CULTE DU SOLEIL

Cependant le vent fraîchissait, et la zone d'argent qui envahissait l'orient depuis quelques minutes commençait à s'empourprer.

En ce moment, je m'aperçus d'un mouvement général dans la foule que j'avais sous les yeux.

Les plus intrépides dormeurs, les concombres et les choux,

dont je n'avais pu tirer une parole, semblaient participer à cette sorte de branle-bas; les artichauts bâillaient; les lupins étiraient leurs membres et hissaient leurs guirlandes et leurs tire-bouchons; les asperges se haussaient à qui mieux mieux pour voir lever l'aurore, et leurs jeunes héritiers, reconnaissables à leurs vêtements écourtés, devenus insuffisants par suite de l'allongement trop rapide de leur tige, se préparaient, selon leur habitude, à servir d'essai aux méthodes perfectionnées de leurs doctes cultivateurs, bons tout au plus, hélas! comme maint précepteur des enfants des hommes, à mettre le cerveau de leurs écoliers en compote.

La caste guerrière des bulbeuses, ognons, scarioles, etc., dressaient leurs têtes et polissaient leurs frais uniformes, comme s'ils se fussent disposés à une grande revue; les piques des royal-ciboules se heurtaient et s'alignaient comme les baïonnettes des grenadiers aux premiers sons de la diane.

Enfin, le premier rayon du soleil vint frapper les sujets de Cucurbitus.

Ici, quelle fut ma surprise!

Chacune de ces races si variées, chacun de ces étranges citoyens disciplinés par l'empereur, s'empressa de saluer l'astre jaune par un acte religieux de sa façon.

Ainsi que me l'avait dit Séminarista, les herbipèdes adoraient

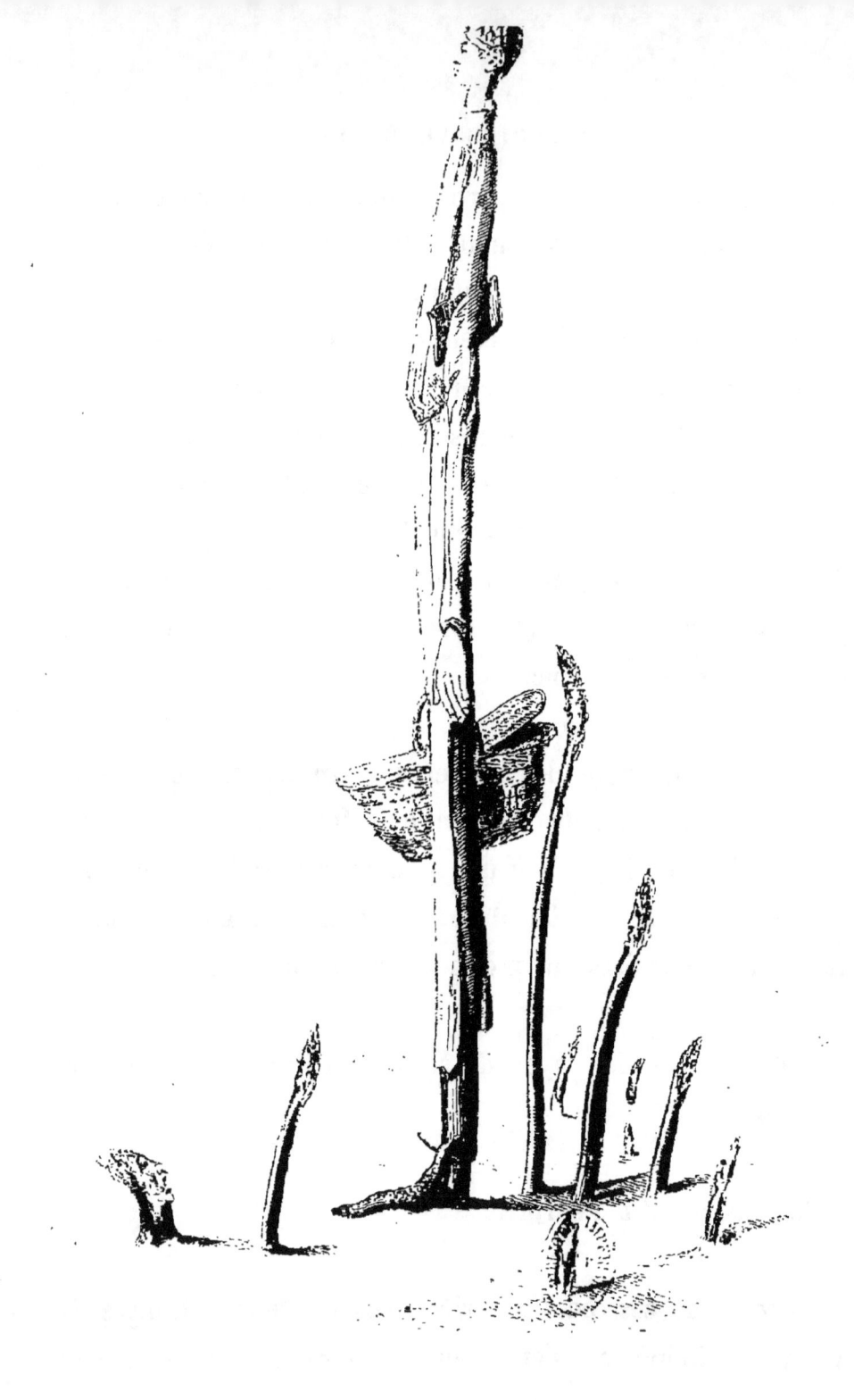

L'ASPERGE HATIVE

le soleil, et, comme le castor, l'éléphant, l'aigle et autres créatures ambulantes, professaient un culte régulier pour ce vicaire resplendissant du Dieu qu'encense l'humanité.

O Séminarista, pardonne-moi! j'avais, je l'avoue, suspecté un peu ta franchise. Reçois ici l'expression de mes regrets et de ma considération la plus distinguée.

A voir ce touchant spectacle, Zoroastre eût pleuré d'attendrissement, comme j'en pleurais bêtement, moi qui ne suis pas Zoroastre.

Cependant, bien que leur Dieu fût le même, bien que tous, sans exception, reconnussent pour leur providence Phébus à l'éblouissante couronne, les rites de ce culte unique variaient à l'infini.

La tolérance la plus complète régnait, malgré cela, parmi tous les membres de ces communions diverses, et je sus gré au grand fondateur de l'ordre du Piment-Rouge de n'avoir pas établi de religion officielle dans ses États, ce qui évitait à une partie de ses sujets le désagrément de faire brûler le reste au nom de l'orthodoxie.

Ce résultat mérite d'être pris en considération. Prenons-le donc ainsi!

A ce moment d'exaltation religieuse, les uns levaient les yeux au ciel, d'autres ouvraient leur cœur aux rayons de la grâce d'en haut; ceux-ci offraient en holocauste une partie de leur

trésor de rosée; ceux-là roulaient dans leurs feuilles des gouttelettes limpides en manière d'ablutions; quelques-uns frisson-
naient dans tous leurs membres; le plus grand nombre s'in-
clinait le plus respectueusement.

Ces divers exercices de piété se faisaient avec une simplicité
touchante, et dans un recueillement merveilleux.

J'en excepte toutefois une caste d'individus au corps allongé,
parés de robes traînantes, lesquels s'efforçaient d'attirer les regards par une affectation de révérence et un bourdonnement
nasillard tout à fait agaçant.

Ces particuliers, ainsi que je le constatai bien vite, étaient les
poireaux de l'endroit.

Ils avaient, — je l'ai déjà dit, — des prétentions exorbitantes
à la théocratie, depuis qu'ils avaient été convertis, si l'on peut
s'exprimer ainsi, par cet ambitieux à apparence dolente et sentimentale dont j'ai naguère raconté l'histoire, et qui se nommait Ignace Poireau.

Toujours est-il que le balancement continuel de ces longs
personnages, leurs génuflexions de pharisiens et leurs mines
hypocrites faisaient un déplaisant contraste avec la conscien-
cieuse piété de leurs voisins.

Leurs mouvements onctueux et leurs murmures grinçants
m'irritaient à tel point, que je m'avançai brusquement vers eux

en les apostrophant avec peu d'urbanité, je veux bien en convenir.

Ces gens-là n'étaient pas braves; je m'en aperçus tout de suite. Ils avaient cependant à leur tête un général, mais ce n'était qu'un général d'ordre, comme on dit à Rome.

Ce général, puisque général il y a, fut grandement effrayé en me voyant marcher sur lui; il fit un soubresaut et commença à trembler de toutes ses feuilles.

Tous ses copoireaux, qui étaient calmes et priants quand la panique vint au chef, se mirent naturellement à trembler comme lui.

Voyant toutes ces mines effarouchées, je poussai un grand éclat de rire, et me pressai de les traiter d'imbéciles. Après quoi, je leur tournai le dos.

— Qu'avez-vous fait? me dit un pois chiche; vous avez mécontenté ces révérends faiseurs de révérences. Prenez garde à leurs rancunes; dès qu'ils seront hors de la portée de vos oreilles, leurs voix huileuses et nasillardes vont joliment déblatérer sur votre compte.

— Peuh! m'écriai-je.

— Défiez-vous de cette engeance, reprit le pois; vous ne savez donc pas que le chef de l'État, le grand Cucurbitus lui-même,

ménage ces descendants d'Ignace, et que Cassarola les emploie fréquemment à la rédaction d'un journal quotidien intitulé *la Soupe* ?

— Ami lupin, lui répondis-je, je me moque de tous les poireaux et de tous les Ignaces de la terre. Voilà comme je suis. Si Cucurbitus a la faiblesse de les écouter, je n'hésite pas à dire que ce grand monarque est un âne : telle est mon opinion bien arrêtée. Quant à Cassarola, ce peut être un excellent ministre, mais c'est un fieffé coquin.

— A qui le dites-vous? fit le pois chiche.

— Ce qui ne m'empêche pas, ô bon pois, continuai-je, d'être aussi reconnaissant que possible de tes salutaires conseils.

Ayant ainsi parlé, je frottai, en guise de remerciment, le peu de nez que la nature m'a départi contre les brillantes corolles du pois chiche, et je me mis en quête d'un spectacle moins fastidieux que celui des poireaux.

XXXVIII

SOLITAIRES DE LA THÉBAÏDE

Parmi les tribus légumineuses qui paraissaient le plus sérieusement pénétrées de l'acte solennel qu'elles accomplissaient, il est inutile de dire que je remarquai les compagnons des pieux solitaires de la Thébaïde.

Le panais, par exemple, ce *socius* inséparable de saint Hilarion, élevait vers le firmament ses feuilles rassemblées, avec une verdeur qui eût édifié un mammifère.

Il semblait, en ce moment, tellement détaché des engrais de

la terre, que je compris sans effort pourquoi les profanes humains ont donné à cette insipide racine ce nom méprisant de panais, à peine rendu supportable par l'orthographe nouvelle dont le pieux légume a masqué la dernière syllabe de sa dénomination patronymique.

Plus loin, le compagnon de saint Jérôme, le salsifis scorsonère affectait de se fleuronner la tête de l'auréole d'or, comme son bienheureux patron.

Les personnes qui sont partisans de l'humilité évangélique trouveront peut-être que le salsifis avait tort de se décerner ainsi lui-même l'auréole de sainteté.

Bien que je n'aie pas reçu mission de le défendre, je répondrai aux détracteurs de ce vénérable herbipède qu'avant de le condamner pour cet orgueil, qui semble déplacé au premier abord, il serait convenable de lui en demander les motifs.

C'est ce qu'on n'a pas fait; donc on doit se taire.

Du reste, l'arrière-train de son corps était noir, maigre et disgracieux à faire envie aux plus ascétiques de ces religieux misanthropes qui fleurissaient dans les sables de l'ancienne Égypte.

Cette expiation me semble suffisante, et j'engage tout le monde à s'en contenter autant que moi.

Près de lui, végétait une espèce de céleri sans ventre, à apparence grave, feignant de montrer ses côtes saillantes comme celles d'un ermite habitué à prendre pour toute nourriture des coups de discipline.

Mais, ne nous fions jamais à l'apparence !

Ce céleri n'était en réalité qu'un loustic fallacieux dont la fréquentation causa bien des désagréments à ces pauvres ascètes qui se prétendaient dégoûtés du monde.

Le traître ne rougit pas de les piquer maintes fois d'un aiguillon sensuel très-difficile à émousser.

Ce fut, les notes de Cucurbitus l'attestent, ce gaillard aux émanations aphrodisiaques qui excita toutes les pieuses folies relatées dans la vie de ces héroïques solitaires.

Ce fut lui qui remplit de visions saugrenues le cerveau de saint Antoine ; ce fut lui qui força saint Jérôme à se meurtrir la poitrine avec un fragment de granit, pour écraser dans son sein les désirs qu'y avait allumés le céleri à côtes.

Ce fut lui qui contraignit sainte Marie l'Égyptienne à prendre pour matelas un fagot d'épines ; lui enfin qui tint, durant quarante ans, saint Siméon Stylite un pied en l'air sur une colonne cannelée qu'un ange lui avait préparée pour cet usage.

— Méfiez-vous du céleri, s'écrie Cucurbitus, qui doit si bien le connaître !

Cependant, l'hommage au soleil touchait à son terme.

C'était la dernière observation mystérieuse que j'eusse à faire sur ce nouveau monde.

Encore un instant, et le jour allait être au complet ; le bruit des hommes et des bêtes allait dominer le langage des légumes profanes et sacrés ;

La vie banale et bruyante allait m'enlever la perspicacité nécessaire pour pénétrer dans les secrets des racines démocratiques, des tubercules de savants des concombres privilégiés ;

La nuit qui, de toutes parts, se repliait devant la lumière, semblait peu à peu se réfugier en moi ;

Les voiles s'amoncelaient sur mon âme, et je voyais, à mon grand désespoir, que je n'allais plus avoir devant les yeux qu'un vaste et prosaïque atelier de maraîcher.

Afin de prévenir cet amer désenchantement, cette désillusion douloureuse, je cherchais machinalement la porte de l'empire, les Dardanelles du Bosphore de Cucurbitus ; je voulais fuir lorsque Cassarola apparut devant moi.

Ce gredin de premier ministre avait un air grave et solennel que je ne lui avais jamais vu.

Il avait revêtu son costume de cérémonie ; un tablier d'une blancheur douteuse, je suis forcé d'en convenir, coquettement replié par un coin, en forme de triangle, ceignait ses flancs arrondis, et un large tranche-lard pendait à son côté gauche.

Il portait en outre à sa boutonnière la grande croix de l'ordre du Piment-Rouge.

En m'abordant, il éternua trois fois, me prit la main avec une familiarité qui n'excluait pas le respect, et prononça à haute et intelligible voix ces paroles remarquables :

—- Seigneur, l'empereur, mon maître, vous attend aux bureaux de la rédaction :

Qu'aurais-je répondu à cela ?

Il n'y avait rien à répondre.

Cependant une foule de réflexions m'assaillirent.

Que me voulait Cucurbitus ?

Quels étaient les motifs qui le décidaient à m'envoyer cet important ambassadeur?

Enfin, ne pouvant résoudre aucune de ces questions, je me contentai de le suivre en silence.

XXXIX

LES BUREAUX DE LA RÉDACTION

Bientôt je franchis le seuil d'une salle basse aux proportions
suffisamment vastes, où les esprits des sujets les plus distingués
de l'empire étaient en ébullition, et travaillaient avec feu à
composer des articles de fond substantiels et nutritifs.

Cucurbitus, en grand costume d'apparat, le cantaloup en
tête, et le ventre à l'aise dans son justaucorps jaune à côtes de
potiron, était en train de prêcher la conciliation à l'assemblée.

Il y avait donc eu des dissensions politiques dans l'empire, puisqu'il s'agissait de fusionner?

En peu de mots, voici la chose :

Séminarista tenait dans ses mains deux pigeonneaux surpris la veille à fourrager une bourgade de pois.

— Ah ! Majesté, disait en éternuant ce haut fonctionnaire, ah ! Majesté, si vous aviez vu avec quel acharnement ces anarchistes emplumés déchiraient les membres de vos cicéri et de vos lupins ! vous désespéreriez du salut de l'empire. Car enfin, s'il prend fantaisie aux ramiers de cette contrée occidentale qui nous est connue sous le nom des Tuileries, s'il passe par la tête des peuplades communistes qui habitent les pigeonniers de la banlieue de venir exercer de pareils brigandages sur nos provinces, comment pourrons-nous leur résister?

— Voici le cas de prendre les uns et les autres par le raisonnement, dit sagement Cucurbitus. La violence serait funeste, et ne servirait qu'à irriter les dissentiments des pois et des colombes. Concilions, concilions! je ne connais que ça.

— Comment nous y prendrons-nous? demanda timidement Séminarista.

— Hors d'ici, rustaud, s'écria le grand monarque, avec cette urbanité de langage que chacun se plaisait à lui reconnaître;

hors d'ici, animal, c'est un secret d'État qu'il ne t'est pas encore donné de pénétrer.

Cassarola ouvrit la bouche pour parler; mais l'empereur, qui avait un faible très-prononcé pour ce ministre machiavélique, l'accabla de petits coups secs et vifs sur le cap du nez.

Cassarola garda un prudent silence, et Séminarista sortit à reculons.

— A toi, Irrigando, dit le maître.

Le porte-arrosoir raconta, en pleurant, qu'une jeune chèvre, accompagnée d'un mouton assez vigoureux, avait dispersé des masses énormes d'épinards et de chicorées, et scalpé quantité de navets et de carottes.

— Concilions! concilions! reprit le souverain.

— Oserai-je, hasarda Irrigando, demander à Sa Majesté par quel moyen...?

Irrigando n'eut pas le temps d'achever : une énergique manifestation du pied de son gracieux monarque l'envoya rejoindre Séminarista.

Cette manière de faire fonctionner des ministres me surprit, et même me choqua légèrement au premier abord.

Mais depuis, en y réfléchissant bien, j'ai reconnu que le procédé était assez efficace.

Après tout, les peuples ne s'en plaindraient pas ; n'est-ce pas là le point essentiel?

— A vous, docteur Fumarol, dit le czar des légumes.

Le ministre de l'instruction plus ou moins publique présenta trois lapins surpris à massacrer les choux qu'ils entamaient à belles dents, et les bordures de thym qu'ils tondaient sans aucune pitié.

— C'est hier, à la brune, au moment où la lune échancrait les nuages, que j'ai arrêté ces trois vauriens, dit le docteur ; ils paraissaient animés d'une rage insatiable, que je n'ai pu apaiser qu'en les séparant de leurs victimes.

— Allons, dit le César magnanime, encore un article de conciliation à rédiger.

L'illustre Fumarol, suffisamment renseigné par l'exemple de ses deux collègues, ne demanda pas d'autre explication, et se retira laissant la parole à Forando.

Celui-ci se plaignit amèrement des mauvais procédés de plusieurs douzaines d'escargots qu'il avait ramassés dans les plates-bandes ; après quoi Rateau exhiba quelques perdreaux faits prisonniers par sa vigilance, au moment où ils venaient marauder sur les frontières.

La conclusion du pacifique autocrate fut absolument la même pour tous ces symptômes de rancunes politiques et d'agitations civiles ou militaires.

Il fallait concilier les partis hostiles et faire fraterniser bon gré mal gré les adversaires entêtés.

Quand il ne resta plus avec lui que Cassarola et moi, le monarque du boulevard Noir s'adressa en ces termes à son premier ministre :

— Maintenant, tu peux parler, ô Providence de l'estomac! O toi qui possèdes à un si haut degré la science de la rédaction des revues, des œuvres mélangées et des macédoines semi-politiques ou autres; toi qui sais si bien trouver et séparer, à l'aide du grattoir ou des ciseaux, le cœur et la substance quintessenciée des feuilles les plus fades et les plus insignifiantes, tu peux et tu dois m'indiquer les moyens de rédiger les articles de conciliation que, ainsi que tu viens de le voir, les divers rapports de mes ministres ont rendus si nécessaires.

Cassarola, ainsi interpellé, caressa à plusieurs reprises sa décoration de pourpre, et, baissant les yeux avec une modestie dont je ne le croyais pas capable, il répondit comme on va le voir :

— Tâchons de procéder par ordre, afin de ne pas nous embrouiller.

— Je ne demande pas mieux, dit le souverain.

— Alors, reprit Cassarola, commençons par le commencement.

— Et nous finirons par la fin, se hâta d'ajouter Cucurbitus.

— Votre Majesté est la lumière du monde, s'écria le premier ministre.

— Je m'en étais toujours douté, répondit l'empereur.

— Pour lors, dit Cassarola, nous avons en première ligne l'antagonisme des pigeons et des pois, signalé par Séminarista.

— En première ligne, c'est toi qui l'as dit, riposta le czar des concombres.

Cassarola réfléchit un instant pour se donner un air de profondeur, puis il dit :

— Nous les forcerons à s'entendre par un premier article intitulé pigeons aux pois.

— Bien trouvé, fit le monarque; viennent ensuite la chèvre et le mouton qui ont scalpé mes navets et mes carottes.

— Nous les engagerons à fraterniser avec les légumes, en mettant les côtelettes desdits quadrupèdes à la jardinière.

— Passons aux lapins, dit Sa Majesté; comment les réconcilier avec mes bordures qu'ils dévorent.

— Rien de plus facile, répondit Cassarola. Nous ferons une de ces compositions majeures et épicées que j'ai surnommées gibelottes; ils seront forcés de s'unir au persil, au thym et aux ognons.

— Et les escargots de Forando?

— On les empilera sur une couche de chicorée, assaisonnés de cornichons et de piment.

— Et les perdreaux arrêtés par Rateau?

— Aux choux, sire, aux choux! Les éloges que recevront les uns et les autres dans cet enlacement réciproque, ne manqueront pas d'éteindre dans leurs cœurs le dernier reste d'animosité.

— Que ce soit fait! dit le monarque.

— Ce sera fait, dit Cassarola.

— Eh bien, historien? poursuivi Cucurbitus en se tournant vers moi.

— Eh bien, Majesté? répondis-je.

— Que dis-tu de ce que tu viens de voir?

— Je dis que c'est assez cocasse.

— C'est sagement pensé, dit l'autocrate.

XL

UNE CENSURE INTELLIGENTE

Le grand conseil était terminé, comme on a pu le voir dans le chapitre précédent.

— Passons maintenant, dit Cucurbitus, à un autre genre d'exercice.

Et, me faisant l'honneur de m'adresser la parole :

— Voyons, continua-t-il, le parti que tu as été capable de tirer de mes documents et de tes propres observations.

Tout ce que le lecteur vient de lire, je l'avais écrit et rédigé au fur et à mesure, tantôt sur le dos d'un melon aussi complaisant que le fameux bossu de la rue Quincampoix qui y gagna, comme chacun sait, une fortune assez ronde à servir de pupitre aux boursicotiers de la banque de Law, tantôt sur le ventre d'un chou d'York aussi dur que le crâne pelé d'un caissier d'agent de change; tantôt sur le sein d'une citrouille aussi bienveillante pour mon manuscrit que l'était madame du Cayla pour le tabac à priser du feu roi Louis XVIII. Tout m'était bon pour accomplir ma tâche, tout, y compris les cloches et les bâches qui servaient ici de prisons d'État.

La demande de Cucurbitus ne me prit donc nullement au dépourvu.

— Sire, lui répondis-je, voilà nos annales.

— Fort bien, dit le grand empereur; nous allons en prendre connaissance, pendant que Cassarola va s'occuper de mettre sous presse les différentes œuvres périodiques dont chaque jour mes sujets s'efforcent d'égayer nos moments de loisir.

Le despote sortit de la chambre du conseil, en me faisant signe de le suivre. Il alla s'asseoir devant une table verte, sur un banc circulaire disposé sous une tonnelle que les haricots et les lupins avaient soigneusement tapissée pour ombrager les rêveries de leur maître et seigneur.

— Assieds-toi à côté de moi, me dit-il.

— Seigneur, je n'en ferai rien.

— Assieds-toi, je le veux, reprit ce grand monarque.

— C'est donc pour vous obéir, ripostai-je en me plaçant à ses sacrés côtés.

Après quoi, il commença l'inspection de mon œuvre historico-littéraire.

Comment vous dépeindre ce qu'il éprouva à la lecture de ces pages remarquables sans me départir de la modestie qui m'est si naturelle ?

Bah ! tant pis pour la modestie ! la vérité avant tout.

Le fait est que l'illustre empereur fut transporté d'admiration, ravi, émerveillé, enthousiasmé à chaque page.

Les envieux diront : — Il n'y avait pas de quoi ! — Je sais tout ce dont les envieux sont capables.

Quant à Cucurbitus, il interrompit fort souvent sa lecture pour m'accabler de caresses ; il essaya à plusieurs reprises de m'étouffer dans ses embrassements ; il me couvrit de croix et de décorations de toutes sortes ; il se plut à m'entourer le cou de tomates aurores, d'étoiles bleues de chicorée, de piments écarlates, de rayons d'or du pissenlit, de cercles de neige taillés dans le navet.

Chaque nouveau chapitre me valait un nouvel honneur, des distinctions nouvelles. Il se torturait le peu d'esprit qu'il possédait pour trouver des moyens de plus en plus énergiques de me témoigner son effrayante satisfaction. Il toussait, il pleurait, il éternuait, il frappait sa couronne à côtes brodées et le potiron qui lui ceignait les flancs.

— Jamais, s'écriait-il, non jamais concombre n'eut autant de piquant et d'esprit que toi !

Enfin, quand il eut terminé la lecture et mis le manuscrit dans sa poche, il déclara que c'était une œuvre impayable. Ce mot me donna beaucoup à penser. Ce cancre d'empereur avait-il l'intention de me solder uniquement en monnaie de singe ? J'aurais mieux aimé autre chose.

Cucurbitus devina mes perplexités, et se hâta de me dire avec ce sourire qui n'appartenait qu'à lui :

— Retournons près de Cassarola, jeune homme de lettres ; c'est avec des œuvres d'art que je veux payer ton œuvre d'art.

Nous retournâmes près de Cassarola.

— Le tirage est-il achevé ? lui demanda le monarque

— Oui, sire !

— En ce cas, sers-nous les compositions de mes sujets épurées, épicées, assaisonnées et censurées par tes maîtresses
mains.

Cassarola s'empressa d'obéir avec un orgueil bien légitime.

Il nous présenta d'abord un article intitulé : Soupe aux
choux.

— Je connais les auteurs de ce travail, dis-je au ministre;
je les ai vus entrer dans ce cabinet d'ébullition que l'on désigne
improprement sous le nom de marmite. Les choux marchaient
devant, suivis des pommes de terre, des navets, des poireaux
et des carottes; et tous les collaborateurs chantaient à tuc-tête
en descendant dans ce tabernacle qu'échauffe le feu sacré :

La soupe aux choux se fait dans la marmite..:

Ce qui doit être *la Marseillaise* de votre pays.

— Tu ne t'es pas trompé, dit Cucurbitus.

La soupe aux choux était parfaitement rédigée; nous nous
plûmes à lui rendre cette justice.

Nous passâmes ensuite à l'un de ces fameux articles de conciliation intitulé : Pigeon aux pois.

Quant à celui-là, il était beaucoup moins réussi; l'œuvre

me sembla d'une insupportable fadeur, et je ne me gênai point pour en faire la remarque.

Cassarola répondit par un sourire malicieux.

— Ah! coquin, s'écria l'empereur; tu n'as pas surveillé ce *rata*-là.

(Rata est un terme technique fort usité dans l'empire des légumes).

— J'en conviens, seigneur, dit Cassarola; mais j'ai voulu prouver à cet étourneau, — c'est ainsi qu'il me désignait, — l'utilité de la censure que j'exerce sur les productions de vos sujets. J'ai donc abandonné cette fois pois et pigeons à leurs propres forces, et vous voyez ce qui en est résulté.

— A la bonne heure! dit Cucurbitus.

Ainsi donc à toutes ses autres fonctions, Cassarola joignait aussi celle de censeur, et ce n'était pas là une sinécure purement honorifique.

Il ne se contentait pas de nettoyer, d'expurger, de mutiler arbitrairement les pièces, les feuilles et les brochures, à l'instar de ses confrères des royaumes humains. C'eût été là un métier de barbare et d'idiot qu'il eût hautement méprisé.

Il s'efforçait de suppléer au bon goût des auteurs, d'ajouter au fond, de donner de la couleur et du moelleux à la forme, et

d'assaisonner le tout de ce bon sel que les Grecs nommaient
attique, parce qu'ils ne le récoltaient ni sur les côtes de Bre-
tagne, ni dans les mines des Carpathes.

Ah! si tous les censeurs ressemblaient à Cassarola!... mais
aucun ne lui ressemble.

A toutes ces qualités qui le faisaient chérir de son empereur,
ce grand ministre joignait le don d'une humeur enjouée et facile. Il était loin de dédaigner la gaudriole, et exécutait de
temps en temps des calembours qui, bien qu'infiniment plus
mauvais que ceux de M. de Bièvre, ne manquaient pas pour
cela d'un certain *chic*, ainsi qu'il le disait lui-même dans ses
moments d'abandon.

Ce fut lui qui répondit aux prétentions d'une troupe de salsifis qui se disaient vêtus de brun fauve à la manière de saint
François :

— Oui, de cinq francs soixante et quinze.

Comme il nous servait une variété de lentilles, Cucurbitus, qui
était assez fort sur l'histoire sainte, rappela la passion malheureuse qu'avait conçue pour ce légume sec le fils aîné d'Isaac.

— Passion malheureuse tant que vous voudrez, dit Cassarola, mais il *les a eues*, et la preuve c'est qu'on ne le désigne
pas sous un autre nom dans toutes les parties du monde.

A propos d'un entremets de radis, il nous prouva aisément la supériorité des légumes sur l'espèce humaine.

— Remarquons bien ceci, nous dit-il; la couleur politique des radis rouges est si tranchée, si évidente, l'ancienneté et l'excellence des principes de cette race démocratique est tellement reconnue, que les hommes eux-mêmes ont été forcés de lui rendre hommage.

— Comment cela? demandai-je.

— Oui, comment cela? répéta l'empereur.

— N'est-ce pas, reprit Cassarola, pour honorer les radis, que, dans toutes les contrées de la terre, les partisans de la liberté se sont appelés radicaux?

— Évidemment, dit Cucurbitus.

C'est ainsi que Cassarola nous charmait par ses entretiens.

Du reste, à part les pigeons aux pois, tous les **articles de** conciliation étaient parfaitement réussis.

Ses liaisons étaient complètes, ses fusions franches et loyales. L'entente cordiale du chou et de la perdrix me sembla surtout admirable.

Grande leçon pour nos hommes politiques qui se dévorent, sans prendre souci de s'accommoder !

XLI

NÉCROPOLIS DES HERBIPÈDES

Comme nous achevions de savourer ces œuvres d'art, je vis entrer deux sous-secrétaires d'État en costume gaulois, c'est-à-dire en blouse, portant sur une sorte de civière des navets, des radis, des carottes, des pommes de terre et toutes sortes d'autres citoyens qui ne semblaient pas donner signe de vie.

Ils se dirigèrent avec leur fardeau près d'une trape, et l'ayant soulevée, ils descendirent lentement, sans dire un mot, dans les profondeurs d'un souterrain.

— Que font donc ces gens-là? demandai-je au monarque.

— Tu le vois, ils descendent les morts au tombeau de leur famille.

Disant cela, il regardait Cassarola en souriant d'un air faux.

Je vis bien qu'il y avait là-dessous quelque chose de ténébreux, d'autant plus que je n'étais pas parfaitement convaincu du trépas de ces sujets, qui paraissaient arrivés tout au plus à un état de maturité respectable.

— Ne serait-ce pas plutôt, pensais-je, une exécution que des funérailles?

Je me levai, et descendis quelques marches de ce caveau.

Il était divisé en compartiments.

Un sable fin en couvrait le sol. Les individus qu'on y avait descendus, couchés par familles, et, pour ainsi dire, empilés les uns sur les autres, me semblèrent plutôt découragés, blessés et souffrants que trépassés.

Je crus même entendre quelques murmures douloureux, quelques sanglots étouffés.

Mais je n'eus pas le temps de vérifier mes soupçons.

Cucurbitus et Cassarola me prirent au collet et m'entraînè-rent en me disant d'un ton de gaieté affectée :

— Puisque vous aimez ce genre de spectacle, allons voir la nécropolis de l'empire.

Ils me conduisirent dans une salle à rayons et à niches où je vis des urnes en terre cuite, comme dans ces tombeaux d'es-claves que les Romains nommaient *columbaria*.

Il y avait aussi des vases en faïence, et d'autres en verre de diverses couleurs.

Dans ces derniers j'aperçus une quantité de jeunes concom-bres que je supposai morts en bas âge.

Je crus qu'on les conservait dans de l'esprit de vin, comme de simples fœtus humains.

— Nullement, dit Cassarola.

La coutume ici est d'embaumer les fils de famille dans du vinaigre, ainsi que ces piments verts, ces câpres et ces jeunes ognons que tu vois auprès d'eux.

Quant aux haricots cueillis encore verts par le destin, on les dessèche légèrement comme ceux qui sont dans ces vases de terre cuite.

Ce que tu vois là dans ces flacons rouges, ce sont les restes des tomates dont le sang se liquéfie à notre volonté, à l'instar de celui de saint Janvier de Naples.

J'avisai contre les murs de grands tonneaux à odeur de saumure.

— Ces cercueils debout, continua-t-il, renferment les dépouilles des choux que nous conservons ainsi pour leur faire honneur.

En cet état, ils se nomment choucroute, comme les Égyptiens conservés dans du bitume se nomment momies.

A mesure que le rusé ministre des hautes œuvres m'expliquait tous ces mystères, j'entrais en défiance contre lui.

Son ton goguenard, son air narquois en parlant de ces pauvres défunts, les signes qu'il échangeait avec Cucurbitus me donnaient beaucoup à penser.

En ce moment arriva cet autre drille qui avait nom Séminarista.

Il portait un grand sac et se mit à grimper un escalier qui, à la rigueur, aurait pu s'appeler une échelle.

— Qu'est-ce encore que cela? dis-je à Cucurbitus.

— Suivons-le, et tu verras, répondit le prince.

Nous le suivîmes.

Arrivé dans une chambre haute, parfaitement aérée, Séminarista jeta son sac sur le plancher, l'ouvrit, et j'en vis jaillir une foule de haricots nus et secs, dépouillés de leurs guirlandes et de tous leurs autres ornements.

Tout autour de moi gisaient entassés des masses de pauvres diables réduits au même état de dénûment.

J'y reconnus des pois, des fèves, des lentilles.....

Pour le coup, m'écriai-je, ceux-là sont bien morts !

— Peut-être, fit Cucurbitus.

Demande à Séminarista s'il n'a pas à sa volonté le pouvoir de les ressusciter.

Cependant l'illustre empereur jugea à ma mine funèbre que ce lugubre spectacle m'inspirait des soupçons peu favorables pour lui.

Il ne voulut pas me laisser partir avec ces dernières impressions.

— Sortons d'ici, me dit-il ; j'ai encore un mot à te dire avant de te renvoyer parmi les hommes, où j'espère que tu rendras bon compte de mon empire et des soins que je prends quotidiennement pour la prospérité de mes sujets.

Je m'inclinai et le suivis en silence.

XLII

LES ADIEUX DE CUCURBITUS

De retour à la salle de rédaction, qui, ainsi que Cucurbitus prit la peine de me l'apprendre lui-même, s'appelait aussi la salle du trône, le monarque me fit asseoir devant une table chargée de bouteilles.

Le lecteur irréfléchi va s'imaginer que ce grand homme avait tout simplement, tout grossièrement, l'intention de me griser.

Le lecteur irréfléchi aura tort. Ce ne sera pas sans doute la première fois qu'il lui en sera arrivé autant.

Que contenaient ces bouteilles? On va le voir.

— Tu n'es pas sans avoir lu l'Arioste? me dit César.

— A quoi diable veut-il en venir? pensai-je.

Cucurbitus renouvela sa question.

— Oui, magnanime empereur, lui répondis-je ; si Votre Majesté végétale veut parler de *Roland le Furieux*, j'ai lu en effet ce poëme excentrique.

— Alors tu as vu au chant **XXXIV** comment le duc Astolphe trouva au royaume de la Lune l'esprit de beaucoup de grands personnages mis en bouteille, recueilli et distillé à mesure qu'il s'échappait de ces cervelles de qualité?

— Assurément, dis-je, sans comprendre davantage où tout cela tendait.

Ce roi des concombres me faisait l'effet d'avoir laissé, lui aussi, comme un si grand nombre de ses sujets, son esprit sous le bouchon.

— Eh bien, continua-t-il, les bouteilles rangées sur cette table contiennent également l'esprit de quelques-uns des habitants de mon empire.

— Bah !

— Comme je te le dis; et nous pouvons nous en servir pour augmenter le nôtre, sans injustice et sans crainte de leur faire tort; car, à la différence des créatures humaines qui perdent leur esprit sans cesser de vivre, mes sujets ne le perdent qu'au moment de leur mort.

Disant cela, il déboucha un flacon, et m'offrit un verre de son contenu.

Malgré le goût empyreumatique de cette drogue, elle m'échauffa et me remit en gaieté.

— C'était, dit-il, de l'esprit de pomme de terre.

Après celui-ci, il me versa de l'esprit de betterave, dont la saveur avait tant de rapport avec celle du rhum, que j'en fis l'observation.

— Ne te rappelles-tu pas, me dit ce grand prince, que la betterave se livre à la fabrication du sucre indigène?

A mesure que je m'incorporais l'esprit des citoyens du Bas-Empire, je sentais de plus en plus une chaleur nouvelle me pénétrer; mes forces et ma gaieté reparurent tout à fait.

Cucurbitus choisit ce moment pour me faire ses adieux; il remplit de ses propres mains mes poches de ces fioles précieuses; il y ajouta des bocaux de ces momies que nous nommons cor-

nichons, des poignées de légumes secs de toutes sortes, et me pendit au cou nombre de carottes et de navets.

Avant de nous séparer, il voulut que je jetasse un dernier coup d'œil sur ses domaines.

Un air de santé et d'abondance régnait partout dans ces plaines fécondes.

Les dernières libations aidant, je trouvai le spectacle vraiment enchanteur.

On entendait dans le lointain babiller et folâtrer les lupins et les lentilles ;

On voyait les laitues minauder en se drapant avec coquetterie dans leurs grandes robes vertes ;

Les melons étalaient leurs broderies d'argent au soleil ;

Les fleurs d'azur des chicorées et les étoiles d'or des salsifis se balançaient en chantonnant.

Quand je passais devant ces foules bigarrées, il me semblait que chacun s'empressait à me saluer.

Cucurbitus appela tous ses ministres ; ces hommes d'État formèrent un demi-cercle autour de leur maître, qui, me prenant par les deux oreilles, me pressa tendrement sur son abdomen.

— Va, mon fils, me dit-il, avec toute la solennité que le

comportait la circonstance ; retourne parmi les hom·nes, et répands-y partout le bruit de ma gloire.

— Seigneur, je n'y manquerai pas, me hâtai-je de lui répondre.

— Mais, reprit Cucurbitus, je ne puis te laisser partir ainsi sans te faire la petite allocution usitée en pareil cas. Seulement, comme je ne me sens pas en verve, Séminarista va t'insinuer à ma place ce discours académique. Approche donc, Séminarista, et sois éloquent !

Séminarista s'avança, et ouvrit la bouche :

— Jeune étranger, me dit-il.

La faconde de ce ministre de l'instruction publique se borna à ce peu de mots.

Il resta, pendant quelques minutes, bouche béante et planté devant moi, jusqu'à ce qu'un coup de pied de son illustre maître l'eût envoyé reprendre sa place au second rang.

— Forando, dit gracieusement Cucurbitus, peut-être seras-tu moins laconique que ton collègue.

Forando sourit d'un air de supériorité, fit deux pas en avant, et s'écria :

— Vive l'empereur !

— On ne saurait lui en vouloir ; son intention était bonne, fit remarquer Cucurbitus.

Irrigando et Fumarol s'excusèrent tour à tour sur le peu d'éducation primaire qu'ils avaient reçue.

Rateau fit demi-tour à gauche, sans daigner s'excuser, lui ; quant à Cassarola, il me tendit la main, et me dit ces simples mots :

— Bon voyage !

Cette sobriété de paroles ne fit qu'augmenter mon estime pour ce ministre d'action.

C'est ainsi que finit ce pénible entretien. L'empereur ayant tourné les talons, son fidèle cabinet suivit son exemple.

XLIII

LE REVERS DE LA MÉDAILLE

Je m'éloignais, plongé dans les réflexions les plus enthousiastes, lorsqu'un grand gaillard effilé et long comme une canne à sucre vint me barrer le passage.

Ce personnage à mine fière, à taille cambrée, coiffé d'un chapeau à panache ondoyant, une main fièrement posée sur la hanche et l'autre campée sur sa longue rapière, me semblait tenir à la fois du baladin et du chevalier de la table ronde, un mélange heureux de Fontanarose et de don Quichotte.

Cette rencontre piqua ma curiosité.

C'était une dernière surprise, au moment où je quittais cette terre de merveilles.

— Je me nomme Maïs, me dit-il.

— Cela ne m'étonne pas, répondis-je.

— Et je suis là pour te dire que tu n'es qu'un âne.

— Cela m'étonne un peu plus.

— Un âne bâté, reprit-il, à moins que tu ne sois le plus vil et le plus corrompu des courtisans de ce despote sanguinaire.

Et il me montrait Cucurbitus qui s'éloignait majestueusement, entouré de son cabinet.

— Cucurbitus, un despote! m'écriai-je.

— Tu ne l'as pas deviné, dis le maïs d'un ton amer; et tu retournes chez tes pareils pour leur chanter les louanges de ce Héron des végétaux! Alors tu n'es qu'un imbécile, j'aime mieux ça.

— Expliquez-vous, ô Maïs, puisque tel est votre nom.

— Je m'explique, cria le maïs. Cucurbitus a abusé de ton innocence. Ce tyran farouche t'a ébloui par l'aspect des grandeurs apparentes de son empire, et tu n'as pas eu l'esprit de pénétrer les mystères d'horreurs, de fourberies, de concussions et de cruautés que recouvre cette prospérité mensongère.

— Diable! diable! fis-je tant soit peu interloqué par l'air de conviction avec lequel ce chevalier de la triste figure formulait d'aussi graves accusations.

— Tu n'as donc pas vu, poursuivit-il, ces masses de malheureux empilés tout vivants dans les caves. Tiens, regarde à travers ces soupiraux; vois ces raves et ces pommes de terre tendant vers la lumière du jour leurs membres amaigris; vois ces choux désolés et ces salades gémissantes; vois ces malheureux radis arrachés de terre et liés en bottes dans un cercle d'osier! Trouves-tu leur sort bien gracieux?

Je me rappelai le coup d'œil que j'avais jeté dans les profondeurs du souterrain, et les lamentations étouffées que j'avais cru y entendre, et mon admiration pour Cucurbitus se trouva fortement ébranlée.

— N'as-tu pas vu, continua le maïs, comme il traite la jeunesse de ses provinces! Il la met en pots et en bocaux.

Je me souvins des vases et des urnes soi-disant funéraires, auxquels le maïs restituait leurs véritables noms, et je frémis.

— Ne t'a-t-il pas montré dans des fioles l'esprit de ses meilleurs contribuables! hurla encore l'impitoyable baladin; eh bien, il l'a obtenu en les brûlant à petit feu.

— Ah! grand Dieu, que me dites-vous là!

— Je te dis que Cucurbitus est un gueux, un monstre, un cannibale qui ne vit qu'en dévorant les légumes confiés à sa garde; et qui ne s'est plu à réunir ainsi ces diverses peuplades sous son gouvernement paternel que pour mieux rôtir, bouillir, écorcher vifs, écarteler, rouer, hacher, peler, racler et brûler tous les idiots qui ont consenti à devenir ses sujets. Et toi, pauvre sot aussi bête qu'un légume, tu t'es laissé enjôler par lui. Il t'a joué, il t'a repu, il t'a comblé de ses bienfaits.

Quant à cela, je ne pouvais le nier; car les dons perfides du farouche despote encombraient mes mains, chargeaient mes bras et remplissaient mes poches.

— Enfin, reprit le maïs avec un sourire méprisant, il t'a aveuglé par ses belles paroles au point que tu n'as pas été capable de comprendre ce que sait si bien le moindre panais, que sa chambre du conseil n'est qu'une cuisine, son premier ministre qu'un gâte-sauce; que ses cabinets de rédaction sont de vulgaires marmites, et ses urnes mortuaires des bocaux de cornichons. Va, maintenant, stupide historien, va chanter ses louanges; tu ne feras que ce qu'ont fait tant de tes savants confrères qui ont célébré la gloire et les vertus des Cucurbitus de votre humanité.

Après ces paroles remarquables, le maïs me tourna le dos

Ne trouvant rien à répondre aux imprécations de ce végétal sévère, mais juste, je pris le parti de continuer mon chemin, et je sortis de l'empire des herbipèdes en disant en moi-même :

— Du moment que l'on discute ainsi l'autorité au pays des concombres, décidément les rois s'en vont.

XLIV

ÉPILOGUE

HALLUCINATIONS

Je profitai du premier fossé qui se trouva le long de mon chemin pour y jeter avec indignation les présents de l'infâme Cucurbitus.

Cette action désintéressée soulageant à la fois mes poches et ma conscience, je continuai ma route d'un pas beaucoup moins pesant.

Tels sont généralement les avantages de la vertu.

Mais comme il faut toujours, autant que possible, rendre à la vérité l'hommage qui lui est dû, je n'essayerai pas de dissimuler que j'étais légèrement ahuri par tout ce que je venais de voir et d'entendre dans cette nuit mémorable.

A l'époque où nous vivons, un homme, bien que doué de toutes les qualités du cœur et de l'esprit, — je suis heureux de trouver enfin l'occasion de me rendre cette justice, — un homme, dis-je, quelle que soit l'élévation de son jugement, ne risque pas impunément une semblable excursion dans un monde aussi complétement nouveau.

Une idée originale, un point de vue bizarre, une excentricité un peu vaste, suffirait aisément pour détraquer, pendant un temps plus ou moins long, la cervelle la mieux conditionnée.

Je ne manquerais pas d'exemples à l'appui de ce raisonnement si je voulais me donner la peine d'en chercher, mais je ne me donnerai pas cette peine-là.

Tant il y a que ce monde des légumes s'était incrusté dans ma tête avec ses mœurs, ses coutumes, ses joies, ses souffrances, ses institutions diverses et ses aspects bariolés.

Ce qui me porte à croire que le cerveau de l'homme n'est pas autre chose qu'un daguerréotype où se grave tout ce qui frappe nos organes et notre intelligence. Chaque impression réagit à son tour sur nos sens et sur nos pensées, et les domine complétement, jusqu'à ce qu'elle soit remplacée par une impression nouvelle. Quant à la mémoire, sa fonction consiste à serrer tous ces tableaux dans des cases numérotées, et à les représenter à l'esprit toutes et quantes fois que celui-ci les demande.

Toutefois, je veux bien consentir à ne pas donner cette définition comme parfaite. Prenez-la donc pour ce qu'elle vaut.

Donc, en franchissant les frontières du pays des herbipèdes, l'imagination garnie de toutes les nouveautés qu'avait étalées devant mes regards cette prodigieuse contrée, j'étais fort disposé à croire que l'espèce humaine n'était qu'un mythe plus ou moins ingénieux inventé par quelque carotte désœuvrée pour amuser les loisirs de la gent potagère, et que tout était légume ici-bas.

J'arrivai sur le boulevard Noir dans cette étrange situation d'esprit.

Les arbres me firent l'effet de salsifis gigantesques, dont les racines sortaient de terre pour porter dans les nues leurs chevelures flottantes, et les maisons de la cité, dont les vitres flamboyaient au soleil, me semblaient d'immenses cloches à melons.

A quelques pas de moi, deux chèvres broutaient l'herbe encore humide de rosée, et, près des deux chèvres, deux folles créatures en jupon se roulaient en jouant sur le gazon des contre-allées.

— Malheureuses romaines! m'écriai-je en courant à elles, ne voyez-vous pas que ces monstres barbus vont vous dévorer sans merci? Fuyez, fuyez ces bêtes malfaisantes, salades évaporées!

— De quoi? fit l'une d'elles.

Cette exclamation peu convenable me rappela les insolences dont les jeunes romaines qui piétinaient sur la couche des cantaloups avaient accompagné les sages admonestations de Cucurbitus.

— Vous êtes donc partout les mêmes? dis-je à ces rieuses créatures; craignez, craignez, imprudentes, que, pour punir votre légèreté, le Cassarola de ce pays ne vous fasse passer au vinaigre.

— Qu'est-ce qu'il chante? s'écria l'autre drôlesse.

— Ce monsieur est toqué, reprit la première.

— Dis plutôt qu'il a bu, exclama la seconde.

Ces impertinences n'eurent pas le don de m'émouvoir, et, résolu à les sauver malgré elles, je me mis en devoir de chasser les chèvres voraces qui me semblaient déjà jeter sur elles un regard de convoitise.

— Eh bien! eh bien! qu'est-ce qu'il fait donc? Il chasse nos chèvres, s'écria l'une d'elles, qui, ainsi que je l'appris plus tard, répondait au nom de Nini, et exerçait le métier de pol-keuse à la Grande-Chaumière, malgré son âge peu avancé.

L'autre, qui se nommait Fifine, et ne polkait pas moins que

sa jeune compagne, se mit à m'accabler de toutes sortes d'injures peu compatibles avec ses lèvres de rose.

Elle poussa même l'oubli de tout décorum jusqu'à ramasser des pierres pour les jeter sur mes talons.

Un cordier qui tournait de la ficelle à quelques pas de là vint s'interposer et ramena les chèvres aux jeunes filles.

Ces animaux, — je parle des chèvres, — étaient du reste parfaitement apprivoisés.

— Vous voyez bien que ce monsieur a déjeuné, dit le cordier aux bayadères.

Ce cordier était court et trapu; attaché à sa filasse, il me parut appartenir à la grande famille des courges.

Je lui fis observer que ce qu'il faisait là était peu délicat pour un potiron.

Comme je vis qu'il me riait au nez, je pris le parti de m'éloigner; mais, de temps en temps, je me retournais pour jeter un regard sur les romaines, qui me semblaient fort appétissantes, malgré la liberté de leur langage.

Elles s'étaient assises sur l'herbe, et déjeunaient avec des cerises, dont elles jetaient les noyaux au cordier.

Chemin faisant, j'avais peine à me réhabituer aux maisons et aux gens qui en sortaient.

Les proportions de ces bâches à ensemencements, de ces cloches à réchauffer, la taille des produits qui les quittaient momentanément pour aller végéter en plein air, me semblaient démesurément colossales.

Pour peu que je témoignasse tout haut mon étonnement, on se moquait de moi ou l'on me traitait de mauvais plaisant.

Ma route était semée de mystifications.

Mais ce fut bien pis quand je fus arrivé à la barrière de Sèvres.

Je me trouvai au milieu d'une grande quantité de parapluies verts soudés au sol, sous lesquels étaient entassées des masses de légumes. Les élèves de Fumarol et de Séminarista gisaient là empilés sur des corbeilles ou civières, avec tout aussi peu de ménagement que dans les caves de Cassarola.

Tout autour de ces étalages rôdait, un panier d'osier au bras, une foule d'êtres féminins, asperges, chicorées, citrouilles, qui prenaient un malin plaisir à remuer, à manier, à palper, à peser ces malheureux proscrits, et les faisaient passer maintes fois de la civière dans leur panier, ne se gênant pas pour dire à haute voix : — Celui-là est pour la marmite ; cet autre pour la casse-role ; celui-ci pour la poêle à frire.

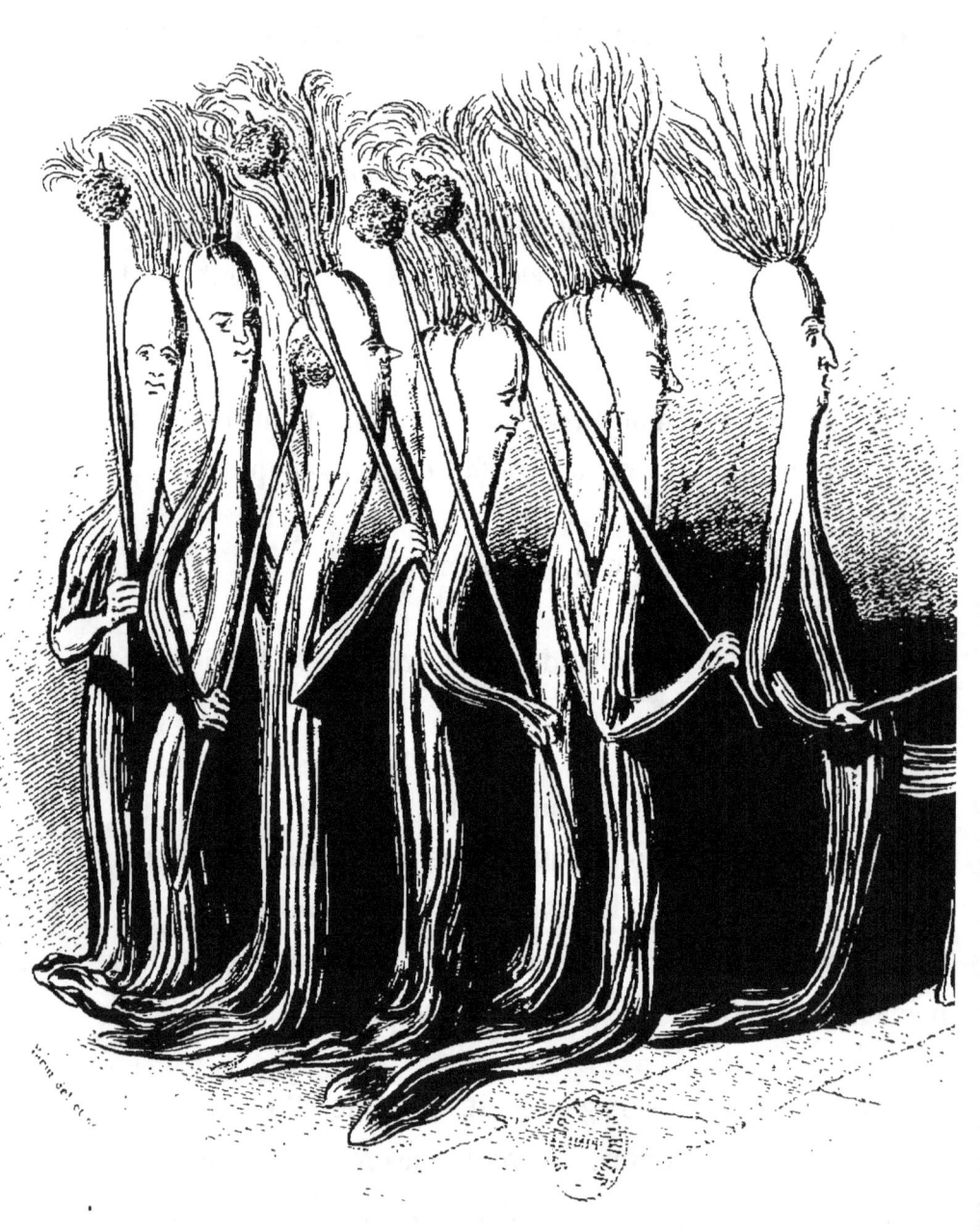

Ils étaient calmes et priant quand la panique vint au chef

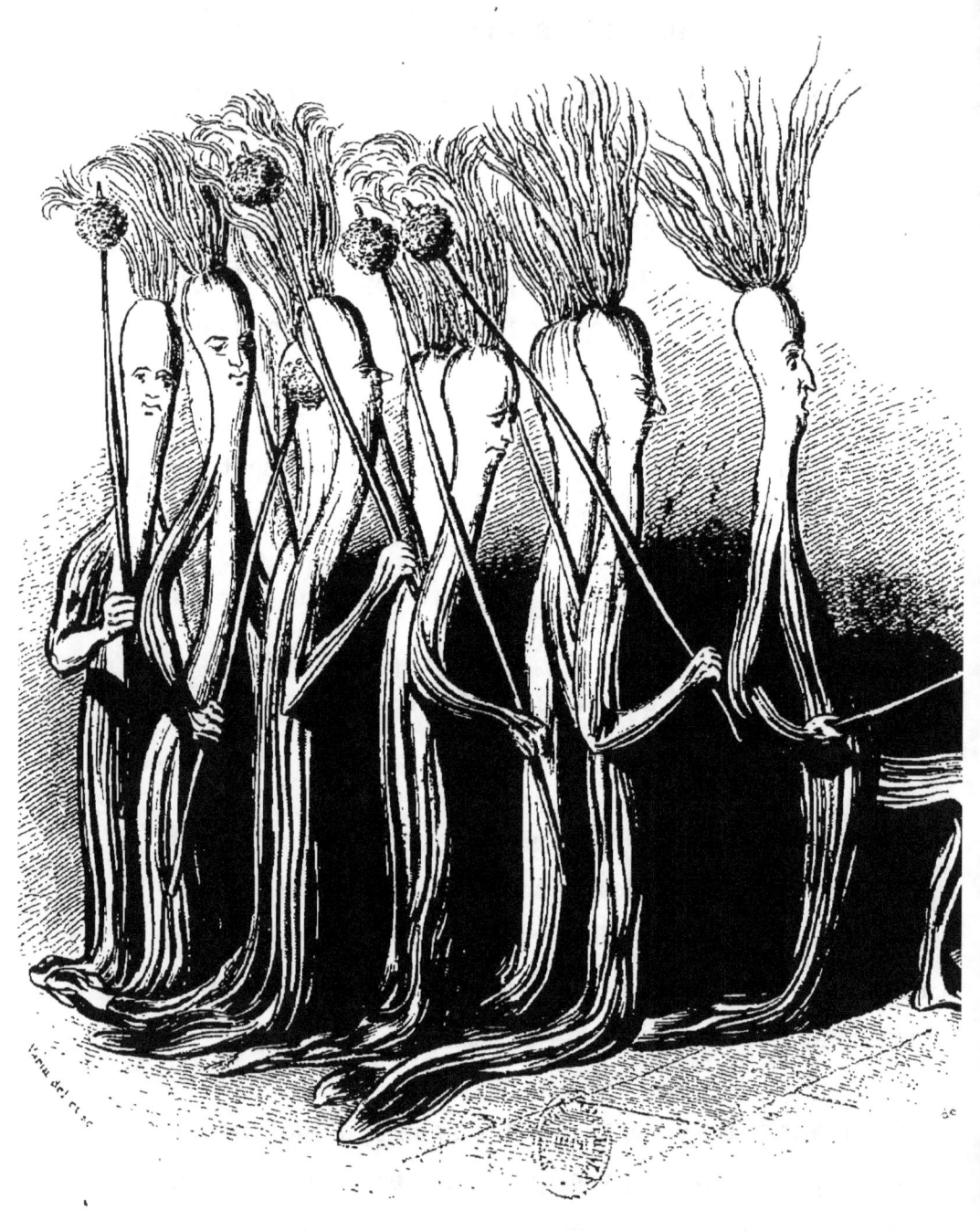

Ils étaient calmes et priant quand la panique vint au chef.

Ce spectacle n'eut pas de peine à m'arracher quelques larmes, et me rappela sur-le-champ les tristes enseignements du paladin nommé Maïs.

Je m'approchai d'un groupe de ces barbares femelles que l'on désigne souvent dans les bons auteurs sous le nom de cuisinières; et je ne pus m'empêcher de leur exprimer en ces termes toute l'horreur que m'inspirait leur conduite :

— Malheureuses, voilà donc jusqu'où vous poussez l'oubli de toute fraternité! Voulez-vous imiter la cruauté et les crimes du Néron du boulevard Noir?

Cette apostrophe n'eut pas tout le succès que j'aurais pu en attendre. Mais j'avais pour moi les éloges de ma conscience, et cette satisfaction me suffisait.

— Veux-tu filer ton nœud, propre à rien, me répondit sans façon une grosse courge couleur de vermillon, qui était en train de découper une de ses semblables pour en distribuer les côtes à ses pratiques ; laisse travailler le pauvre monde, et va bêtiser avec tes pareils, bras rompu!

— O citrouille panachée, répondis-je doucement, ne prends pas mes paroles pour des plaisanteries ; regarde devant toi ces malheureux blessés, démembrés, nus et déchirés! Vois ces raves dépouillées de leurs crinières et de leurs racines; ces échalottes auxquelles manquent toutes les basques de leurs vêtements; ces

Ce spectacle n'eut pas de peine à m'arracher quelques larmes, et me rappela sur-le-champ les tristes enseignements du paladin nommé Maïs.

Je m'approchai d'un groupe de ces barbares femelles que l'on désigne souvent dans les bons auteurs sous le nom de cuisinières ; et je ne pus m'empêcher de leur exprimer en ces termes toute l'horreur que m'inspirait leur conduite :

— Malheureuses, voilà donc jusqu'où vous poussez l'oubli de toute fraternité ! Voulez-vous imiter la cruauté et les crimes du Néron du boulevard Noir ?

Cette apostrophe n'eut pas tout le succès que j'aurais pu en attendre. Mais j'avais pour moi les éloges de ma conscience, et cette satisfaction me suffisait.

— Veux-tu filer ton nœud, propre à rien, me répondit sans façon une grosse courge couleur de vermillon, qui était en train de découper une de ses semblables pour en distribuer les côtes à ses pratiques ; laisse travailler le pauvre monde, et va bêtiser avec tes pareils, bras rompu !

— O citrouille panachée, répondis-je doucement, ne prends pas mes paroles pour des plaisanteries ; regarde devant toi ces malheureux blessés, démembrés, nus et déchirés ! Vois ces raves dépouillées de leurs crinières et de leurs racines ; ces échalottes auxquelles manquent toutes les basques de leurs vêtements ; ces braves patates qui n'ont plus ni pieds, ni jambes, ni chapeau, ni chevelures...

Je fus interrompu dans cette lamentation par un grand gaillard à mine rébarbative, vêtu d'un frac bleu, coiffé d'un chapeau à cornes et orné d'une épée à poignée d'acier poli.

Cet individu me prit par le collet, en prétendant que je faisais des allusions politiques ; et, me secouant avec peu de bienveillance, il me dit d'une voix légèrement enrouée :

— Particulier, je ne comprends rien à vos discours ; j'en déduis par conséquent qu'ils doivent être incendiaires et subversifs.

Si donc vous continuez à déblatérer des choses anarchiques dans le marché, je vous préviens que je vous mets sous cloche, dans un instrument qu'on appelle violon. Par ainsi, filez du pied gauche, c'est tout ce que j'ai à vous dire.

Ce peu de mots me suffit amplement, et je continuai mon chemin.

A la hauteur de la Croix-Rouge, je rencontrai un fameux professeur de la Faculté de médecine que j'avais eu occasion de voir par-ci par-là dans des réunions de bonne société.

Son aspect me rappela subitement le président du congrès scientifique des légumes.

— Comment vous portez-vous, mon ami? me demanda ce grand professeur avec son urbanité habituelle.

— Pas mal et vous, illustre carotte, lui répondis-je.

Cette réponse le mit en colère, ce dont je fus passablement surpris.

Plus loin, un jeune discip'e de Momus, qui fait des couplets dans les sociétés chantantes, vint me prendre la main, et m'inviter à savourer un verre d'absinthe avec lui.

— Cette liqueur me fait mal, aimable lupin, lui dis-je dans mon air le plus gracieux.

Il s'éloigna en éclatant de rire.

A quelques pas de là, un de mes amis les plus intimes qui s'occupe de physique, de mécanique, etc., et se livre à la déplorable profession d'inventeur, m'arrêta pour me parler d'un nouveau système de navigation aérienne qu'il venait de découvrir.

— Mon ami, lui dis-je, tu sais que je ne suis pas des plus expérimentés dans ce genre de conceptions; mais si tu tiens à avoir des conseils salutaires et des renseignements précis, adresse-toi au pissenlit, qui a depuis longtemps résolu ce problème à la satisfaction universelle.

Mon ami me tâta le pouls, posa sa main sur mon front et s'éloigna en hochant la tête.

Enfin, j'arrivai dans mon domicile.

Une vilaine espèce de vieille délabrée, ratatinée, recroque-villée, qui remplit les fonctions de portière dans la maison que j'habite, s'empressa de m'interpeller à mon passage, et me dit d'une voix aigre et grinçante :

— Quand on veut découcher, on prévient son monde. Je vous ai attendu toute la nuit.

— Où m'avez-vous attendu? lui demandai-je.

— Au coin de mon feu, en brûlant ma chandelle.

Je regardai cette vieille. Elle était jaune et flétrie.

— Ah! vieille chicorée, lui dis-je avec douceur, ne faites plus de pareilles folies. Je ne m'étonne plus de vous voir ainsi desséchée. Le grand air et la rosée de la nuit vous eussent ra-fraîchie et rendue verdoyante.

— Chicorée! s'écria la portière qui du jaune était passée au pourpre; chicorée! répéta-t-elle, en laissant tomber le balai dont elle était armée pour poser plus facilement ses vieux poings sur ses vieilles hanches.....

Ne me souciant pas d'entendre la suite de son discours, je me hâtai de grimper les escaliers.

A la hauteur du second étage, je me heurtai dans un gros abdomen qui descendait en soufflant comme une baleine.

C'était mon vénérable propriétaire qui m'arrêta, suivant son habitude, pour s'informer de ma santé.

Je le regardai du haut en bas.

— Ah! quelle imprudence, dis-je à cette boule, quelle imprudence à vous, majestueux Cantaloup, de vous exposer ainsi à rouler sur les marches d'un escalier? Pourquoi avez-vous quitté votre couche chaude et vos guirlandes à fleurons d'or!

— Mossieu! dit le propriétaire habitué à plus de déférence de ma part, vu le retard de quelques termes.

Deux jours après, cet homme de bien me signifiait mon congé! Mais n'anticipons pas sur les événements.

Quand j'ouvris ma porte, ma femme vint me sauter au cou, non pas pour m'arracher les yeux, comme on pourrait le croire; Anastasie ignore cette manœuvre; elle tenait seulement à me prouver sa satisfaction.

— Ah! monsieur, s'écria-t-elle, après les épanchements de rigueur, voilà une jolie conduite pour un père de famille. Où avez-vous passé la nuit?

Tandis qu'elle parlait ainsi, quelques gouttes de rosée tombaient de ses joues sur sa collerette.

Mon épouse, qui est svelte, était vêtue d'un déshabillé de soie verte qui l'enveloppait entièrement.

— Ne pleure pas, chère ciboulette, lui dis-je en l'embrassant, tu vas effeuiller en gesticulant ton costume d'amazone. Sois calme, je t'apporte des nouvelles du *royal-ciboul;* car il faut que tu saches que j'ai passé la nuit au milieu de nos parents les herbipèdes.

— Hélas! mon mari a perdu la raison, s'écria Anastasie.

— Je vois pourquoi tu dis cela, lui répondis-je; mais rassure-toi, je ne me suis pas du tout laissé distiller ni mettre en bouteille par Cassarola.

— Oui, vraiment, tu as la fièvre, reprit cette chère femme.

Je voyais l'étonnement peint dans ses yeux, qu'elle a fort beaux.

— Il faut te coucher, mon ami, dit-elle encore; je ne veux pas que tes enfants te voient dans cet état.

— Ah! m'écriai-je, ces chers petits concombres! retiens-les bien sur leur terreau, bonne amie! J'en ai tant vu dans les bocaux de la nécropolis des herbipèdes.

A ces mots, qu'elle trouvait singuliers, ma femme pleura de plus en plus, me força à me mettre au lit, et envoya chercher un médecin.

Ce docteur avait une face tuberculeuse; son nez surtout ressemblait à s'y méprendre à une pomme de terre.

— Docteur, lui dis-je, si vous voulez propager ce nez-là, ne vous avisez pas de le couper par morceaux et de confier ses fragments à la terre, quelque bonne qu'elle soit ; cette déplorable méthode est la cause de l'affreuse maladie qui dévore en ce moment les rejetons du philosophe américain. Suivez les conseils du céleri ; reproduisez-vous par graine. Vous m'en direz de bonnes nouvelles.

Le médecin ne répondit pas à ce discours, mais il jugea à propos de me saigner.

Je dormis pendant vingt-quatre heures, au bout desquelles le docteur, qui, du reste, n'était qu'un âne comme beaucoup de ses pareils, estima qu'il importait de me distraire.

Comme les temps étaient malheureux pour les médecins, c'est-à-dire qu'il n'y avait ni pestes, ni épidémies, et que la clémence de la température forçait les humains à se maintenir en bonne santé malgré leurs sottises, le docteur se proposa pour me tenir compagnie, et achever ma guérison par le charme de ses discours.

Le malheureux y réussit à merveille ; ses idées altières, ses discussions oiseuses, ses entretiens mélangés de banalités et d'opinions saugrenues, me convainquirent bientôt que j'étais tout à fait revenu dans le monde des hommes, et que cette société des légumes, qui avait charmé pendant toute une nuit mon esprit et mon cœur, n'était rien qu'un vain songe.

Je fus donc tout à fait guéri, mais je devins triste et misan-thrope.

Le ciel vous garde de ces médecins qui chassent impitoyable-ment la fantaisie pour nous imposer la réalité!

FIN

TABLE DES MATIÈRES

CONTENUES DANS CE VOLUME

PLACEMENT DES GRAVURES

PARIS. — IMPRIMERIE DE ÉDOUARD BLOT
rue Saint-Louis, 46, au Marais.

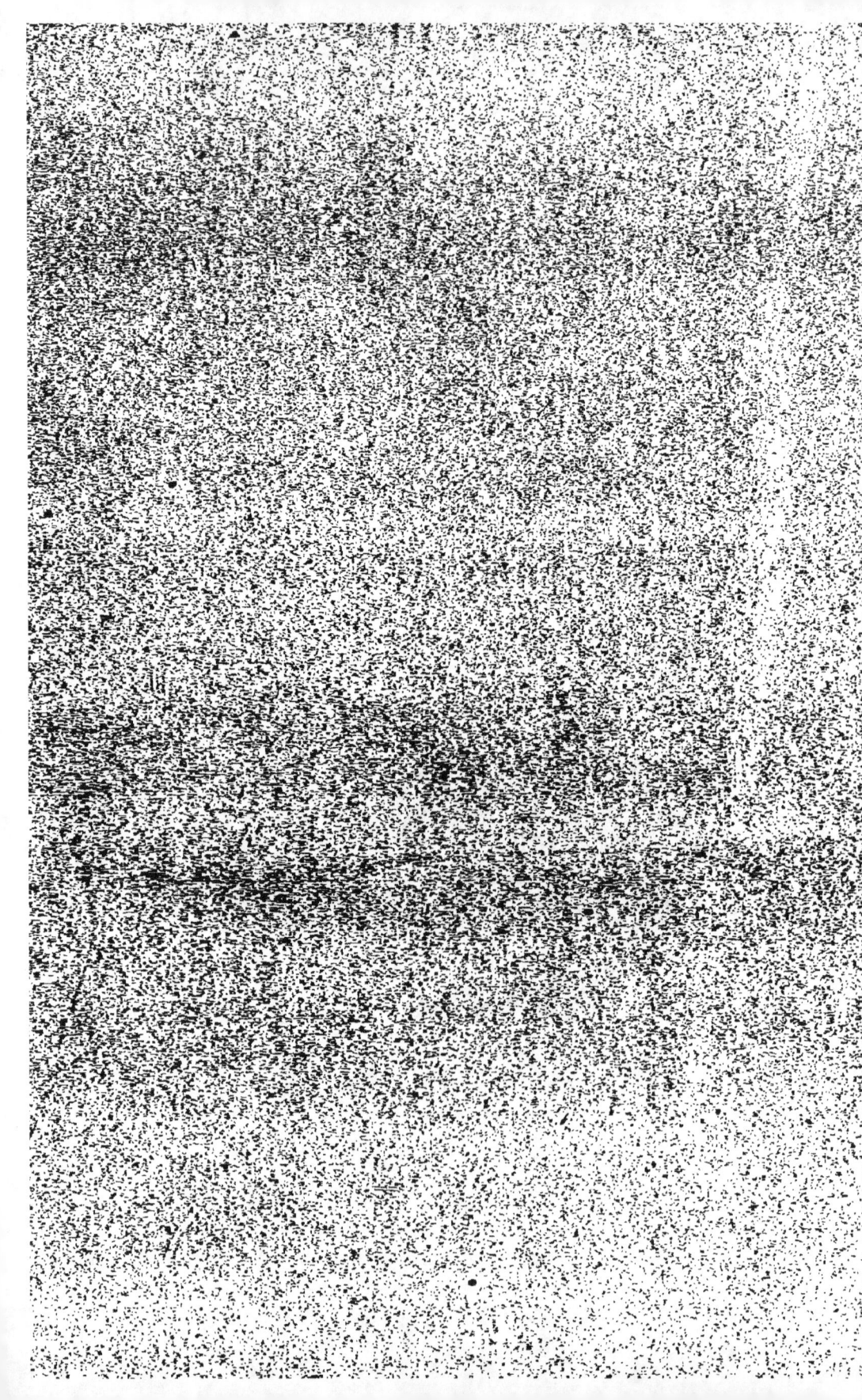

CONDITIONS DE LA SOUSCRIPTION :

L'Empire des Légumes, formant un beau volume de plus de 450 pages, illustré de 25 gravures coloriées, est publié en 50 livraisons à 25 centimes.

Il paraît deux ou trois livraisons par semaine; elles sont composées suivant les exigences de l'impression. Le souscripteur est prié de croire, lorsqu'il recevra un cahier qui ne contiendra qu'un certain nombre de feuilles ou de gravures, qu'il n'en aura pas moins, à la fin de la souscription, l'ouvrage complet composé du nombre de pages et de gravures annoncé ci-dessus. — La souscription est permanente.

LA BIBLIOTHÈQUE RICHE

Souscription permanente à 25 centimes la livraison

SE COMPOSE DES VOLUMES SUIVANTS

LES FÊTES DU CHRISTIANISME
PAR
L'ABBÉ **CASIMIR**, CURÉ DU DIOCÈSE DE PARIS
ILLUSTRATIONS
D'APRÈS LES CHEFS-D'ŒUVRE DE L'ART CHRÉTIEN
50 LIVRAISONS — 1 volume, 12 fr. 50

DROLERIES VÉGÉTALES
L'EMPIRE DES LÉGUMES
J. J. GRANDVILLE, CONTINUÉ
PAR
AMÉDÉE VARIN
TEXTE PAR
EUGÈNE NUS et ANTONY MÉRAY
50 LIVRAISONS — 1 volume, 12 fr. 50

LES PAPILLONS
J. J. GRANDVILLE, CONTINUÉ
PAR
AMÉDÉE VARIN
TEXTE PAR
EUGÈNE NUS et ANTONY MÉRAY
100 LIVRAISONS — 2 volumes, 25 fr.

LES FLEURS ANIMÉES
PAR
J. J. GRANDVILLE
TEXTE PAR
ALPHONSE KARR et TAXILE DELORD
100 LIVRAISONS — 2 volumes, 25 fr.

LES FEMMES MYTHOLOGIQUES
PAR
G. STAAL
Texte par **MÉRY** et le comte **FOELIX**.
50 LIVRAISONS — 1 volume, 12 fr. 50

LA PHYSIOLOGIE DU GOUT
PAR
BRILLAT-SAVARIN
Introduction par Alph. **KARR**; illustrations par **BERTALL**.
50 LIVRAISONS — 1 volume, 12 fr. 50

LES PERLES ET PARURES
PAR
GAVARNI
Texte par **MÉRY** et le comte **FOELIX**.
100 LIVRAISONS — 2 volumes, 25 fr.

LES ÉTOILES
PAR
J.-J. GRANDVILLE
Texte par **MÉRY**
50 LIVRAISONS — 1 volume, 12 fr. 50

PARIS. — IMPRIMERIE DE ÉDOUARD BLOT, RUE SAINT-LOUIS, 46

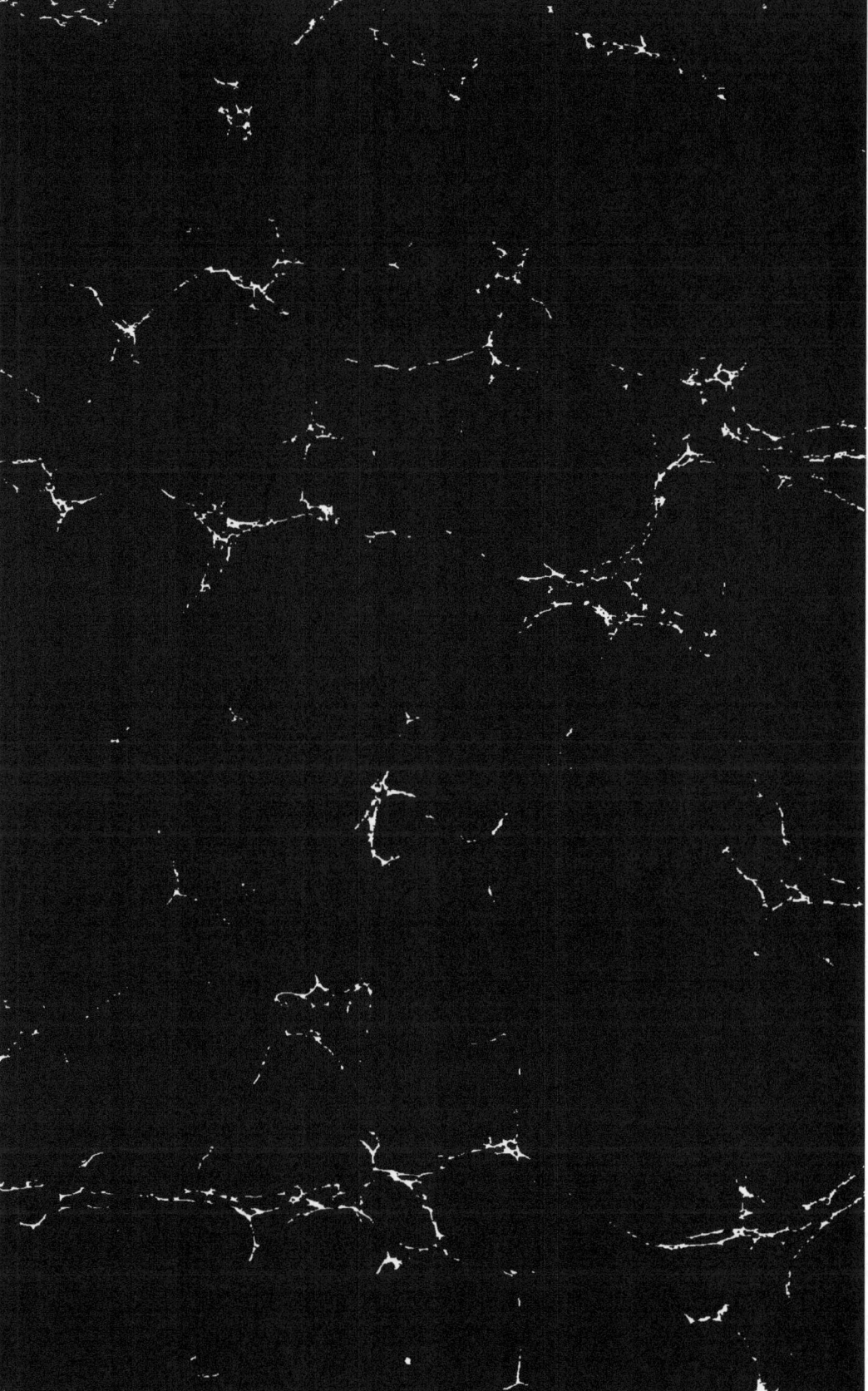

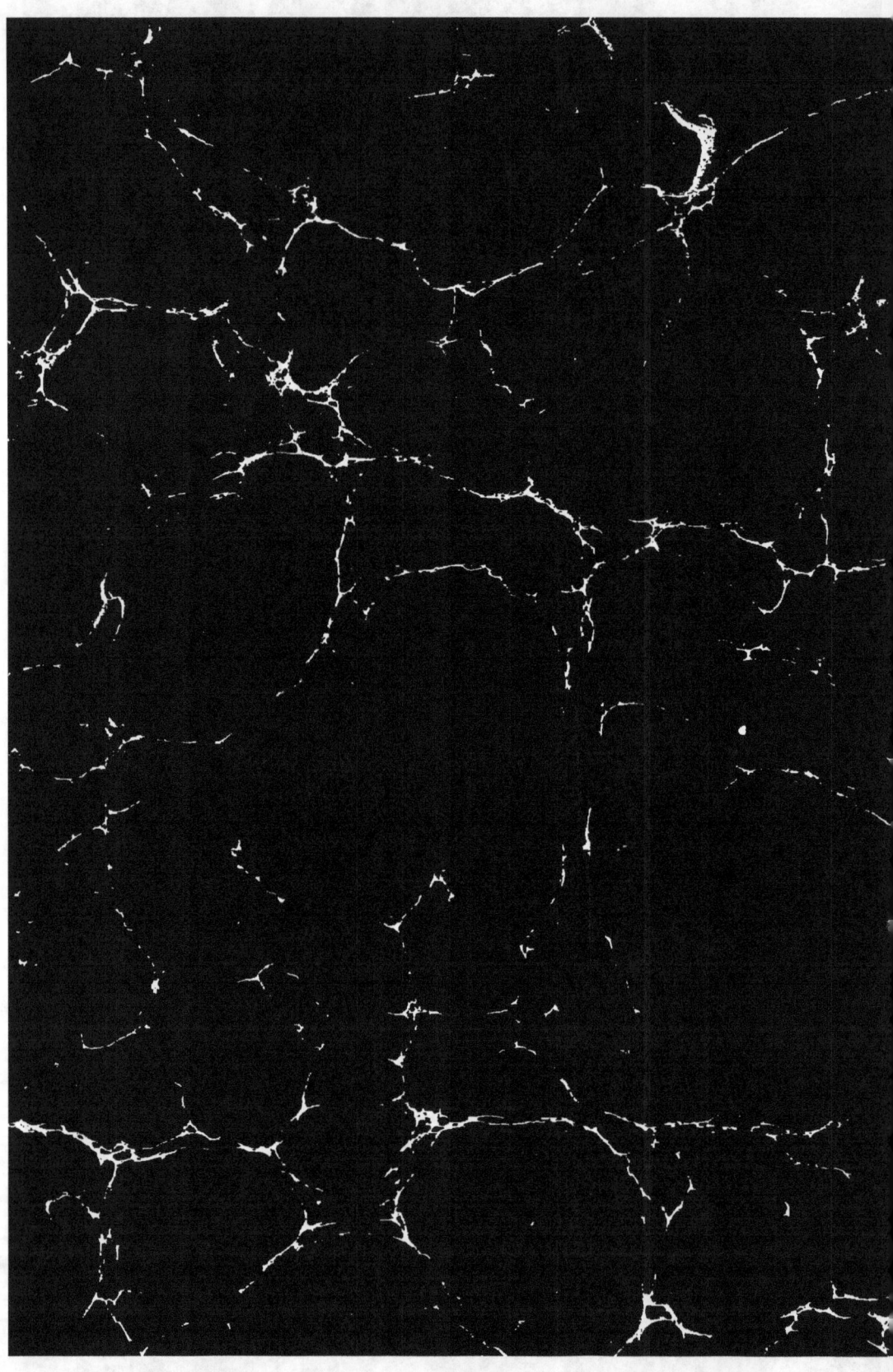

DE FRANCE

FIN

S 8221

Entier

R 115653

: 2639   Volts : 118   déc

: 17.03.98

: 10,5

Service de la reproduction
PARIS-RICHELIEU